国家社科基金重大招标项目

"十四五"国家重点出版物
出版规划项目

湖北省公益学术著作
Hubei Special Funds 出版专项资金
for Academic and Public-interest
Publications

民国时期中国文学史著作整理丛刊

丛书主编 陈文新 余来明

中国文学史新编

张长弓 著　李舜臣 整理

长江出版传媒｜崇文书局

图书在版编目（CIP）数据

中国文学史新编 / 张长弓著；李舜臣整理 . -- 武
汉：崇文书局，2024.1
（民国时期中国文学史著作整理丛刊 / 陈文新，余
来明主编）
ISBN 978-7-5403-6595-0

Ⅰ . ①中… Ⅱ . ①张… ②李… Ⅲ . ①中国文学—文
学史 Ⅳ . ① I209

中国国家版本馆 CIP 数据核字（2023）第 200114 号

出 品 人　韩　敏
项目统筹　程可嘉
责任编辑　杨晨宇　李佩颖
责任校对　董　颖
装帧设计　甘淑媛
责任印制　李佳超

中国文学史新编
ZHONGGUO WENXUESHI XINBIAN

出版发行　长江出版传媒　崇文书局
地　　址　武汉市雄楚大街 268 号 C 座 11 层
电　　话　(027)87677133　邮政编码　430070
印　　刷　湖北新华印务有限公司
开　　本　880 mm×1230 mm　1/32
印　　张　8.75
字　　数　189 千
版　　次　2024 年 1 月第 1 版
印　　次　2024 年 1 月第 1 次印刷
定　　价　45.00 元

（如发现印装质量问题，影响阅读，由本社负责调换）

平 议

　　张长弓（1905—1954），原名聪致，字英才，笔名常工、长弓，河南省新野县人。1929年，考取燕京大学国学研究所研究生，师从郭绍虞研治古典文学。历任河南安阳高中、嵩阳中学、开封北仓女中、淮阳师范等学校国文教员，燕京大学国文讲师，河南大学副教授、教授。除早年热衷文学创作，出版了小说集《名号的安慰》之外，张长弓主要致力于古典文学教学和研究，所著《鼓子曲言》《河南坠子书》等，至今仍为学界推重，是研究河南地方戏曲的重要资料。

　　《中国文学史新编》出版于1935年3月，是张长弓为安阳高中、淮阳师范等学校撰写的中学国文教材，一经印行便备受好评，还被列为西南联大的必读书目。放眼百余年中国文学史编写的进程，《中国文学史新编》虽难以跻身"名著"系列，但其编撰体制、叙述内容等方面自有特色，藉此亦可管窥1930年代国人探索中国文学史编撰和中学国文教育的若干情形。

一

众所周知，中国文学史作为一门现代学科，它的兴起、发展与近代以来的教育体制的变迁密切相关。早期黄人、林传甲、窦警凡、胡适、郑振铎等人的文学史，很多都是他们任教于各级讲习所、学堂、学校时的课堂讲义。1960年代游国恩等人主编以及中国社科院文学研究所编撰的文学史，虽非个人讲义，但都具有鲜明的学校教育背景。因此，戴燕说："'中国文学史'的生命，与近代以来的学校的教学相伴始终。"[①]不同历史时期的教育思想、学制、课程的变化，不单单影响着文学史家的编撰理念和史料的拣选，甚至篇幅控制、章节设定、行文风格等都需要考虑课堂因素。

在清末，文学史已初步进入课堂，只不过沿用的仍是传统的"文章流别"说。1904年1月颁行的《奏定大学堂章程》"中国文学门科目"下即列有主课"历代文章流别"，并注明"日本有《中国文学史》，可仿其意自行编纂讲授"；所述"中国文学研究法略解"也更像是一份简明的文学史纲要[②]。清末的中学堂没有开设"文章流别"课，但"中国文学"一科，除强调"文义""文法""作文"外，亦规定"次讲中国古今文章流别、文风盛衰之要略"[③]。职是之故，时任浙江海宁中学堂教员的浙江

---

① 戴燕《文学史的权力》，北京大学出版社2002年版，第83页。
② 璩鑫圭、唐良炎编《中国近代教育资料汇编·学制演变》，上海教育出版社2007年版，第363～365页。
③ 璩鑫圭、唐良炎编《中国近代教育资料汇编·学制演变》，第329页。

人来裕恂，草创了中国第一部《中国文学史》中学教材。①

　　民国初年，教育部全面废除科举制，重新擘划学科，设置课程。1912—1913 年，相继颁布了《中学校令施行规则》《中学校课程标准》，明确中学国文教学的任务是"首宜授以近世文，渐及于近古文，并文字源流，文法要略，及文学史之大概"②。中国文学史作为一门辅助课程，由此正式进入中学课堂，一批相关教材遂应运而生。据陈玉堂《中国文学史书目提要》，民国时期最早具有中学教材性质的文学史是王梦曾编纂、蒋维乔校订的《中国文学史》。该书约二万六千字，由商务印书馆 1914 年 8 月出版，教育部因其 "简括得要，参考书引证得宜"，审定为"中学校用共和国教科书"③。翌年，张之纯依照教育部审定的师范学校课程，又编有《中国文学史》（商务印书馆 1915 年），供三、四年级师范生使用。此后，同类著作又有葛遵礼《中国文学史》（上海会文堂新记书局 1920 年）、谭正璧《中国文学史大纲》（光明书局 1925 年）、赵景深《中国文学小史》（光华书局 1928 年）、胡云翼《中国文学概论（上编）》（启智书局 1928 年）、蒋鉴璋《中国文学史纲》（亚细亚书局 1930 年）、欧阳溥存《中国文学史纲》（商务印书馆 1930 年）、陈冠同《中国文学史大纲》（民智书局 1931 年）、胡行之《中国文学史讲话》（光华书局 1932 年）、谭丕模《中国

---

① 陈平原《折戟沉沙铁未销——关于来裕恂撰〈中国文学史〉》，《天津社会科学》2008年第2期，第111～115页。

② 璩鑫圭、唐良炎编《中国近代教育资料汇编·学制演变》，第679页。

③ 王梦曾编纂、蒋维乔校订《中国文学史》，商务印书馆1914年版，第1页。

文学史纲》（北新书局 1933 年）、郑作民《中国文学史纲要》
（合众书店 1934 年）等，闹热程度并不亚于大学文学史教材的
编撰。

不过，闹热归闹热，是否适合课堂教学则是另一码事。胡怀
琛曾批评林传甲、谢无量等人的相关文学史，因行文艰涩，"取
材富而分界不清"①，都太不适合用作教材。蒋鉴璋《中国文学
史纲》仅二万余字，却分十章六十四节，不仅疏阔简略，"且
多谬误"②。胡云翼《中国文学概论》（上编），系中学课外读
物，但只是从"文学的起源"写到"六朝"，还算不上"半部文
学史"，亦不利于学生了解"文学史大概"。署名为"香严"的
作者，还专门撰文指摘张之纯《中国文学史》中的谬误，并严厉
批评出版该书的商务印书馆："中国载籍之夥，汗牛充栋，文学
史谈何易易。看两本目录，信口开河，其不成此笑柄者几希。独
惜该书馆，负全国之重望，教科书为学僮所必需。新学小生，数
典忘祖，人手一编，奉为金科玉律，必至张冠李戴，混淆玄黄。
该馆素以开通民智为己任，其将何以置辞？"③彼时的商务印书
馆以发行各类教材而著称，然作风竟如此粗疏，更遑论其他出
版社。

张长弓在燕京大学学习期间，便开始关注中学国文教育。
1930 年 3 月，他发表了《高中国文教材之我谈》一文，探讨了
高中国文教育的目的、教材以及教师教学中存在的若干错误。文

---

① 胡怀琛《中国文学史略》，商务印书馆1930年版，序第1页。
② 陈玉堂《中国文学史书目提要》，黄山书社1986年版，第45页。
③ 香严《呜呼商务印书馆之共和国国教科书》，《上海滩》1914年第2期，
　　第3页。

中针对胡适发表的"中学国文教学"的四个目的——"人人能以国语自由发表思想""人人能看懂平易的古文""人人能作文法通顺的古文""人人有懂得古文文学的机会",扩充为七条,其中的三条为"有研究古代文学及学术思想之能力""了解中国文学及学术思想之演变大势""认识文学之真正意义",并特别强调教材的撰写"应重其历代演变之迹"①。可见,张长弓很早就非常重视中国文学及其演变在中学国文教学中的意义。

1930年夏,张长弓因经济拮据,曾短暂南下岭南大学研修,兼任岭大附中国文教员。②次年即回到河南,先后执教于安阳高中、嵩阳中学等学校,从事中学和师范国文教学。辗转于各大中学的经历,不仅使张长弓积累了较为丰富的教学经验,亦使他进一步认识到文学史教学的意义,遂决意编撰一部更适合高中课堂的文学史教材。他在《中国文学史新编·自序》中说:"这部稿子,是为的安阳高中、开封师范等校应用而编撰的。执笔时候,对于编制方法,曾经考虑过,所以在课室内讲授,学者去自修,或较于其他文学史本为适用些。'简而得体,疏而不漏'是最初的目标,现在做到没有,只好待诸高明读者的批评了。"所谓"简而得体",是指章节、行文等形式简明合体;"疏而不漏",则指内容上既可勾勒出文学发展的大势,又不遗漏重要的史实。民初中学教育目的是"完足普通教育,造成

---

① 张长弓《高中国文教材之我谈》,《河南教育》1930年第2卷第17期,第28~36页。
② 张隩弓《"学术为公器"理念与"学术报国"之道:读陈垣先生致先父张长弓的信》,《北京师范大学学报》2014年第6期,第184页。

健全国民"①，对于初学者而言，国文教育只须了解"文学史之大概"，并不要求作精深研究。因此，张长弓将撰写目标定位于"简而得体，疏而不漏"，是颇符合中学国文教育的宗旨的。

围绕既定的目标，张长弓遵照当时的中学课程标准，严格控制篇幅，设置章节。全书约11万字，虽远不如黄人、郑振铎等人上百万字的文学史，但相比同时期出现的"小史""一瞥""纲要""概论"等文学史，篇幅还是很可观的。而关于章节的设置，张长弓更明确地说："本稿编制，全部分二十八章，都七十二节，如用为教本，合于两学期间每期十八周每周两小时，一小时一节的讲授。"检1913年3月19日教育部颁布的《中学校课程标准》，中国文学史放在第四学年开课，与讲读、作文、文法要略、习字等共5个学分，差不多每周两小时②。若严格执行教学进度，两学期下来，基本可以完成教学任务。除此之外，张长弓还精心地设计了各章节的容量，一般每章分作两三节，各节则设两三个专题，篇幅控制在2000字以内，差不多可满足1小时一节的授课节奏。结构如此"匀称"的中国文学史，在同时期的中国文学史中并不多见，因此，郭绍虞认为《中国文学史新编》的一大特点就是"编制匀称"。

在行文方面，《中国文学史新编》也充分照顾到初学者的接受水平，通篇皆以晓畅易懂的白话文叙述。随手引述两例，以见一斑。例如，第八章第一节"五言诗之兴起"评阮籍的影响："他在诗园中的贡献，是开拓了取材的范围。他本来是老庄的信

---

① 璩鑫圭、唐良炎编《中国近代教育资料汇编·学制演变》，第669页。
② 璩鑫圭、唐良炎编《中国近代教育资料汇编·学制演变》，第729页。

徒，所以神仙传说的材料，开始为诗人采用了。"第十章第三节
"清商曲辞与梁鼓角横吹曲之比较及影响"，比较北朝民歌《地
驱乐歌》和南朝民歌《华山畿》："一曲写得多么直爽，多么男
儿气，一曲写的情又是多么的含蓄与柔靡。"如此简洁、明快之
语，读来轻松，饶有兴味，极便于初学者接受。文学史的行文风
格，每取决于史家的个人尚好，原无绝对的优劣之分，但作为
教材的文学史，应充分考虑学生的接受水平，否则便"榫枘不
合"。胡怀琛曾专门分析了当时文学史家的几种行文风格："比
较旧一点的人，行文喜欢古雅，却是害人不浅。我亲见某文学史
上有'三侯歌'三字，许多的读者都不懂，把《辞源》翻完了，
也翻不着。其实，毫无意思，原来它就是《大风歌》。……至如
偏于新的，也有一点，据我个人的意见看来，是很不好的。就
是喜欢用活泼有兴趣的文字，称为'艺术化'。"胡怀琛认为，
文学史是历史的一部分，历史本是一笔账，"只要管账先生把一
本账簿记得清清楚楚，收支的数目准确，年月分明，那就是好账
房。"①用古雅的文言可更贴近作品，保持风格的一致，但诘曲
聱牙，显然不适合初学者；"艺术化"语言，情韵丰富，引人入
胜，但分寸很难把握，稍不留神则失于偏颇；"账簿式"的行文
风格，虽条理清晰，终归缺少生气，与文学应有的品格扞格不
入。张长弓选择晓畅、简洁地叙述文学史，既是他学术写作的一
贯风格，同时亦兼顾到高中教材的因素，不失为一种较为稳妥的
叙述。

　　《中国文学史新编》问世后，颇受好评。《图书展望》第二

---

　　① 胡怀琛《中国文学史概要》，山东画报出版社2019年版，第4页。

期"新书提要"认为该书"立论平允，叙述公正，洵为初读中国文学史之良好指针。"[1] 不少高中、师范学校都选用其作为教材，西南联大国文系也曾将它列入必读书目。至 1949 年，该书先后重版了 6 次，发行数量高于绝大部分同类文学史著。这表明，《中国文学史新编》在课堂教学中具有较强的生命力。

二

中国文学史编撰的基本格局，到 1930 年代其实已大致形成。彼时，经过新文化运动十余年的洗礼，以及大量的海外汉学著作的影响，文学史家们关于"文学"的观念、文学史的研究对象、史料的处理以及编撰的体例，普遍摆脱了传统"书目提要""文苑传"模式。但是，一千个读者犹且有一千个哈姆雷特，更何况史料繁复、线索错综的文学史？从这个意义上，文学史从来就没有"定本"之说，每个史家都是因不满于前人撰述而别出新著。郭绍虞为《中国文学史新编》所撰序言称："近来坊间关于文学史一类的书出版的很不少。在这些中间并不是没有可读的书，但是，很难得到一般的好评，很难有一部较有权威的著作。"这段话很能代表当时文学史家的撰史心态。张长弓亦不例外，他以"新编"命名，弦外之音，似乎也表达了对旧作的不满。

2002 年，张长弓的哲嗣张一弓出版了长篇小说《远去的驿

---

[1] 浙江省立图书馆编印《新书提要·新书月报》，《图书展望》1935年第2期，第40页。

站》。这部"基本属于写实"的家族历史小说，所述"父亲"张聪的学术史几乎都"有迹可循"。在"小布尔乔亚的暴动"一节中，叙写了"父亲"与"姥爷"的一段对话：

　　七七事变以后，战火迫近开封，父亲才为了保护他的小巢而回到开封教书。那时候，他在学术界产生了一点影响的新著《中国文学史新编》已经由开明书局一版、再版而三版。后来，西南联大国文系又将此书列入必读书目。在一个没有臭豆腐和咸带鱼气息的小茶馆里，父亲碰见一位面容清癯的长者（按：指小说中的"姥爷"）。长者瞥了他一眼，说："你是张聪先生？"父亲躬身说："老先生有何见教？"长者说："请问，你的《中国文学史新编》何以为新？"父亲为长者斟了一杯清茶，说："拙作旨在摆脱'名胜一览''名作指南'的模式，不唯对历代文学作者的个人经历作出精细的探讨，对产生文学的时代精神和社会环境，亦作出真切的认识。以历史的精神、批评的眼光……"他伸出三个指头，"做到三个'To'罢了。"长者问道："何谓三个'To'？"父亲用手指蘸着茶水，写了三个以"To"为首的英文词组，说："To interpret——说明，To verify——证明，To judge——鉴定。"①

---

① 张一弓《远去的驿站》，长江文艺出版社2002年版，第9页。

张长弓撰成《中国文学史新编》之时，恰好而立之年。此前，他已在《岭南学报》《文艺月报》《大河杂志》《燕大月刊·国学专号》等刊物上发表了十余篇文章。单凭这样的资历和积累，便"大张旗鼓"地撰写文学史，于当今学术界是难以想象的，但在民国却非常普遍。例如，谭正璧 24 岁出版了《中国文学史大纲》，曹聚仁、赵景深在 26 岁时分别有文学史问世，郑振铎 28 岁写成了《文学大纲》，罗根泽出版《乐府文学史》时亦不过 31 岁。民国时期的文学史家普遍成名甚早，一半是由于他们的旧学根柢与西学新知的激荡，一半则源于他们特有的自信。从《远去的驿站》叙述中，我们不难看出，父亲"张聪"对自家著作颇为自得，甚至略有几分"自负"。他戏称前人的文学史为"名胜一览""名作指南"，还"得意地"用三个"To"概述了《中国文学史新编》在内容上的创新。"说明""证明"是指史家对待历史的客观态度，"鉴定"则属于批评的精神，即史家的"史识"。如此看来，张长弓对于成为一个优秀的文学史家是有着足够的自信。

在《中国文学史新编·例言》中，张长弓曾提及两个"打破"：一是"打破文学史的传统编制法，以时代为纲，以文体作风派别为子目，作家传略及作品名目，皆略而不及"；二是"打破传统编文学史者的惯例，不主张录引原文，虽间有一二处录引，亦为申明其他之主旨的。"这两个"打破"，归结来看，亦即《远去的驿站》中所说"摆脱'名胜一览''名作指南'的模式"。所谓"名胜一览""名作指南"，盖指文学史撰写中偏重于介绍、分析名家名作，而忽略了其源流和影响。说白了，就是只向游人介绍"景点"，而忽略"观光路线"。这种叙述模式，以黄人的《中国文学史》最为典型。稍微浏览其目录，汉代以后一般都是先列作家小传，然后"选读"诸家代表作品。例如，第三章"中世文学史"第四节"唐代文学"，从初唐到晚唐叙写了165名作家的小传，几乎囊括了所有唐代知名的文人，接着分骈文、散文、诗等文体选读各家代表作，并略次评语，称"名胜一览""名作指南"并不过分。稍后的文学史著虽不至于像黄人《中国文学史》那么整齐划一，但实际仍有"遗存"。像郑振铎1930年出版的《中国文学史（中世卷第三篇上）》，述及唐五代词人二百余名，且多以作家标目，只不过不像黄人那样将作家传记和作品分开来讲述，实则并无大的区别。

这种"指南式"的文学史，往往也会明确划分文学的发展期，并冠以"起源""滥觞""胚胎""消长""拓展""隆替"等提示分期的词语，但由于热衷于罗列作家作品，使之看上去更像是文学选本，并不能很好地揭示出文学现象的演进，更谈不上总结某些规律。张长弓为了打破这种模式，首先是在编撰体例上下功夫。他没有像其他史家那样，明确给文学分期，而是以朝代为经，以文体、流派为纬，叙述中国文学的发展历史。全书目录以具体作家标目者，仅有荀卿、陶渊明、苏舜钦、梅尧臣、欧阳修、苏轼、严羽、朱有燉八人，以作品标目者亦不过《古诗十九首》《西厢记》《西游记》《封神传》等十余种，其余则多以文体、流派标目。例如，第二十七章"清代的小说"，用"讽刺派与人情派""侠义派与谴责派"四个流派分两节讲述清代小说，而《儒林外史》《红楼梦》等名著并没有出现在目录中。民国时期中国文学史的章节题署，或无明确之原则，书名、作者、朝代、文体混杂一起，像黄人、林传甲的《中国文学史》；

或者以作家为纲目，兼用书名、朝代、文学流派、文体等标目，像曾毅《中国文学史》、谢无量《中国大文学史》、赵景深《中国文学小史》；或者全然以朝代标目者，像胡怀琛《中国文学史略》、谭正璧《中国文学史大纲》等，不一而足。像张长弓《中国文学史新编》那样基本全以"文体作风派别"标目的，并不多见。

这种以体派为纲目的体例，优点之一是有利于揭示出特定文体的源流。例如，《中国文学史新编》讲小说的大概有七章，分别是"小说雏形之产生（含寓言、喻词、神话）"、"两汉魏晋之小说"、"南北朝的小说（含鬼神志怪、旧闻佚事）"、"唐代的传奇（含别传、剑侠、艳情、神怪）"、"宋代的话本（含变文、说话、说书）"、"明代的小说（讲史派、神魔派、人情派）"、"清代的小说（含讽刺派与人情派、侠义派与谴责派）"，若是综合这些章节，简直可视作一部简明的中国小说史。

以体派为纲目的优点之二是可以利用"文学流派"整合一些相似的文学现象，使之不至于过于零散。例如，张长弓用"绮靡派及其反动""边塞派与自然派""社会派、怪诞派与脂粉派"三节统论唐代诗人，用"婉约派""豪放派""闲适派"统论宋代词人，用"讲史派""神魔派""人情派"统论明代小说，用"格调派""性灵派""神韵派"统论明清诗歌。"文学流派"可作狭义和广义的理解。狭义的文学流派是指作家具有共同的创作纲领，彼此之间经常互相切磋，创作风格亦大体近似；广义的文学流派，则非常广泛，它往往是某些批评家为整合某些相似的文学现象提出来的。中国文学史很多的"流派"，大抵属于广义的文学流派。张长弓所称的"绮靡派""社会派""脂粉派""闲适派"等都同样如此。例如，一般认为宋词只有"豪放"和"婉约"两派，但那些书写闲情逸趣的词作，实际很难归入其中，因此，张长弓用了"闲适派"来整合这些词人和词作。他说："闲适派的词与豪放派的词为近，不过其中也有出入。拿材料方面说，豪放派多发表政治上或功名上的感慨；婉约派多叙述儿女的情怀；闲适派便多以山水为背景，写出作者潇洒的胸襟。在修辞方面说，豪放派是文野全所不计，婉约派是注重美丽，闲适派是注重淡雅自然。"这种用流派来标目的做法，不仅可以整合相似的文学现象，同时还可以呈现出文学史的丰富性。

　　不过，以体派为纲目的编撰体例的缺点也非常明显。其一，不利于提炼出经典作家、作品。像著名诗人李白，《中国文学史新编》将他放到"自然派"中论述，仅百余字，所及作品亦只有《山中问答》《独坐敬亭山》《自遣》三首。虽然张长弓在《例言》说"本稿外有《文学作者及其作品》一书，提示作者生卒传略及在当代文坛上之位置，并其作品名目的考察，作此书的参考"，但是在文学史中，如此"蜻蜓点水"式地介绍经典作家作品，很难突显出文学史上那些显豁的"坐标"。其二，相较于以作家作品为纲目的文学史，这种以体派为子目的文学史体例，章节的题署难度更大，因为它不仅要求精炼、准确，而且有些作家作品并不容易归入特定的体派。张长弓曾坦言"子目的题署，颇费苦心"，虽则如此，他标举的某些文学流派，像在唐诗中标举的"绮靡派""自然派""社会派"，未必能得到普遍的认可。另外，有些体派涵括的作家作品，也略有"拉郎配"之嫌，如他将李白归入"自然派"，皮日休、陆龟蒙归入"脂粉派"，陆游的词归入"闲适派"，将沈德潜归入"性灵派"，恐怕都值得商榷。

三

作为教科书的中国文学史，基本目标是满足教学之需，因此，观点正确，叙述平实，稳妥地建构知识体系，往往是衡量其成功与否的主要标准，而"学术性""独创性"则居其次。这种略显"庸常"的编撰旨趣，致使很多具有讲义、教材性质的中国文学史，常常令人有"似曾相识之感"，而真正能像胡适《白话文学史》那样"新人耳目"的文学史并不多见。况且，中国文学历史悠长，书籍浩如烟海，以个人有限的时间、精力根本无由通读，更别说作精细的研究。因此，百余年的中国文学史撰写，无论是个人撰述还是集体创编，借鉴、综合、因袭他人的研究成果总是不可避免，严重者甚至难免"抄袭"之讥。例如，林传甲《中国文学史》、童行白《中国文学史纲》均以日本学者笹川种朗《支那历朝文学史》为蓝本，且多袭其论点。1915年上海泰东图书局出版的曾毅《中国文学史》，则因多采自日人儿岛献吉郎的著作，而被胡云翼指认为"抄袭之作"。1925年上海历史研究社出版的汪剑余《中国文学史》，仅略作增删，几乎全都照抄了林传甲《中国文学史》。张长弓并不讳言对前人成果的借鉴。他不仅在书末附录了具有文学史性质的书籍72种，还于各章之后列有参考书目，一方面"以示读者的门径"，另一方面则"借以明原著者搜罗之功"，如此坦诚的学术态度，值得嘉尚。

但是，张长弓并不满足于简单综合他人的成果，而是尽可能地融入自己的研究心得。他在《例言》中说："本稿虽常有一般人的见解，然多有作者一得之愚，国内贤达，有教正的，至深感谢。"这应是《中国文学史新编》题名为"新编"另一缘由。

《中国文学史新编》除"导论"之外，起于"中国文学史之初幕"，终至"文学革命的前夜"，讲述了三千余年中国文学发展的进程。面对纷纭复杂的史料，如何在有限的篇幅描述文学史发展的大势，这是每个史家必须面对的问题。张长弓在《例言》中明确地说："编文学史的不外两种态度：一是就每一时代的文学观念下，把所有的史料分析整理，以见其史的流变；一是就现代文学观念下，去寻绎擘画前代的史料，以见其史的流变。本稿为适应高中师范的需要，采用第二种态度。"平心而论，这两种"态度"孰优孰劣，亦难轩轾。前一种态度大概是指早期黄人、林传甲、窦警凡等人，遵照传统的"文学观"，将文字、音韵、训诂、群经、诸子、史传、诗赋、词曲、骈散都杂糅到文学史中，使"文学史"看上去更像是"学术史"或"国故史"。后一种态度则是指新文化运动之后，文学史家们在中西文学观念的冲突中，辨明了"杂文学""纯文学"的畛域，确立以情为主线的编写路径，群经、诸子乃至史传等逐渐退出了文学史。但是到了本世纪初，"重写文学史"的呼声逐渐高涨，不少学者又提出"大文学史"观，主张还中国文学的"本来面目"，而不能简单地套用西方的文学观念，很多非"文学性"的文类隐然有回归文学史的"冲动"。百余年的"文学"的观念从清末到当下，仿佛走了一个"轮回"。

张长弓所称的"现代文学观念"同样是来自西方。在《导论》中，他征引了美国亨德（Hunt）教授《文学原理及问题》

的定义："文学是思想的、文字的表现，通过了想象、感情及趣味，而在使一般人们对之容易理解并且惹起兴味的非专门的形式中的。"张长弓认为这是"较精确的解释"，而且"明确得体"。在此基础上，他归结出文学的四个特点：（1）是思想意识的；（2）是想象感情的；（3）是艺术化的；（4）是民众的。按照这个标准，张长弓不仅摒弃了除《诗》之外其余"四经"及先秦诸子散文，甚至《史记》《汉书》等史传散文和唐宋古文皆弃而不论，仅保留了诗、赋、词、曲、小说、戏曲等文体。从这个层面看，《中国文学史新编》可算得上是最低限度的"纯文学史"。

今天看来，张长弓所持的"现代文学观念"，以及推崇向来"不登大雅之堂"的小说、戏曲，其实都是时代学术风气使然，不必过于深论。倒是一些最能体现其治学经验和心得的细微之处，读来令人颇感"新意"。

首先，《中国文学史新编》"标出"了一些不甚著名的作家、作品。前揭张长弓很少以作家、作品标目，可是他竟用了一个常人并不熟知的朱有燉标目。朱有燉在杂剧史上地位显然不如关汉卿、马致远、白朴等人，但张长弓不仅为其列有专论，而且赫然称之为"伟大的朱有燉"。又如，张长弓一般"不主张录引原文"，但第十二章"晋代佛经的输入"第二节"佛经文学的一斑"，他竟以《法句经》《劝意品》《维摩诘经》《佛所行赞经》《佛本行经》五种佛经标目，并大量征引原文论析其内容。单凭这五部佛经的地位，似乎不值得如此分量，放到眼下，恐怕都会引起异议。张长弓在文学史中如此大力彰显佛教文学，明显亦是学术风气使然。清末以还，龚自珍、章太炎、梁启超等学者都致力于佛学的研究和推广，特别是梁启超更发表有《翻译文学与佛典》《佛典之翻译》等论文，认为"我国近代之纯文学，——若小说、若歌曲，皆与佛典之翻译文学有密切关系。"[①] 同时，伴随着敦煌石经的发现和挖掘，学术界更掀起了一股研究佛学的热潮，曾毅《中国文学史》（上海泰东图书局 1915 年）、谢无量《中国大文学史》（中华书局 1918 年）等文学史，已开始涉略佛教。不过，这些文学史中的佛学一般都是作为南朝文学发展的"背景"，并没有以"主体身份"被书写。直到 1928 年，胡适的《白话文学史》大力阐扬佛经翻译文学以及王梵志、寒山等释氏诗人，佛教文学才真正在文学史中争得一席之地。张长弓《中国文学史新编》不仅介绍了《法句经》等 5 部经典，还探讨了佛教的兴起、译经的历史和影响，可以说是继胡适之后，在文学史中大力推崇佛教文学的第二人。张长弓对佛教文学的重视，还与他个人的学术志趣密不可分。1933 年，他曾出版了《中国僧伽之诗生活》（著者书店 1933 年），广泛取材于僧传、寺志、僧人别集、僧诗总集等文献，叙写了自东晋慧远、支遁至清末苏曼殊的僧诗创作，着力勾画出古代僧诗的特质和流变，称之为我国第一部僧诗史并不为过。在《中国文学史新编》中，张长弓虽没有论列王梵志、寒山等诗僧，但关于僧诗的研究表明他对佛教文学已有了浓厚的兴趣。

其次，张长弓还挖掘和突显了一些不为人们重视的文类。例如，"变文"自敦煌文献发掘之后，逐渐引起了人们的注意，但也只有郑振铎《中国文学史（中世卷第三篇上）》（商务印书馆

---

① 梁启超《佛学研究十八篇》，岳麓书社2010年版，第169页。

1930 年）和《插图本中国文学史》（北平朴社 1932 年）将它写入文学史中。受其影响，张长弓在《中国文学史新编》中第十八章第二节，探讨了变文的意义结构，分为"佛经故事的变文"和"非佛经故事变文"两类，论述《维摩诘经变文》《目连救母变文》《列国志变文》，并将《维摩诘经变文》称为"在文学史上是一部未之前见的长的'史诗'"。张长弓是在 1937 年后全力研究河南的地方戏曲和民间文学，但这种念头可能起始于他在1927 年读到郑振铎的《白雪遗音选》。明乎此，我们就不难理解在《中国文学史新编》中，张长弓对南朝吴歌北曲、唐代的俗曲，明清时期的地方戏曲，都用了相当的篇幅进行介绍。

再次，张长弓很善于在文学史中融入自己的研究成果。他此前发表的十数篇文章的主观内容和观点，几乎都反映在《中国文学史新编》之中。例如，第五章第三节"小说雏形之产生"的内容，见诸于他发表于《文艺月报》第一卷第三期的《中国上古小说之雏形》。一向不注重作品的张长弓，为了证明自己的说法，竟用了 200 余字细致地分析《孟子·离娄篇》"齐人有一妻一妾"章的结构，以为"不论在取材上、描写上来讲，都可以称为一篇完整的小说。"再如，第五章第一节"荀卿作品的分析"和第二节"荀卿制作之承前启后的关系"，脱胎于他发表于《岭南学报》第三卷第二期的《荀卿的韵文》。在这篇文章中，他说："生于屈氏之后的荀卿氏，为了他哲学思想竟淹没了他的文学的制作品。那是很可惜的。研究中国上古哲学史的，没有人抛弃了荀卿，制作中国上古文学史的对于荀氏却往往阙如。……我以为这不仅是荀氏个人损失，实是中国文学史上的损失。"[①]因此在《中国文学史新编》中，张长弓不吝篇幅，用3200余字，逐一分析了《成相篇》《赋篇》《佹诗》的内容、作法以及影响，分量明显高于屈原骚赋。又如，第十章"晋宋齐间的清商曲辞"，则节略于他发表在《燕大月刊·国学专号》的长篇论文《清商曲辞研究》，对南朝清商曲的渊源、内容、表现手法作了详尽的分析，并比较了它与梁鼓角横吹曲的异同，是《中国文学史新编》中最具学术性和原创性的部分。

总之，《中国文学史新编》因充分借鉴了当时学界的最新研究成果和观念，又大量融入了张长弓个人的研究心得，从而一定程度上丰富了中国文学史的知识体系。不过需要指出的是，张长弓为了突出"新编"二字，在史料的拣择方面存在"避熟就生"的倾向，在论述具体问题时亦常详人所略，而略人所详，从而导致一些经典作家像屈原、曹植、阮籍、李白、杜甫、苏轼等人在文学史上的意义，没有得到充分的彰显。因此，对于郭绍虞所评"关于新材料与旧材料的去取，绝无畸轻畸重之弊"，笔者稍持保留的态度。倒是李嘉言所指出它在内容上的疏漏："如六朝赋，唐宋明清散文与清词等均未道及，不能不说是一个缺点。"[②]显得更为中肯。

[①] 张长弓《荀卿的韵文》，《岭南学报》1933年第3卷第2期，第146页。同样的内容又见于张长弓《中国文学史上之诸问题——兼质插图本中国文学史作者》，《文艺月报》1934年第1卷第1期，第116～117页。

[②] 李嘉言《〈中国文学史新编〉书评》，《文哲月刊》1935年第1卷第3期，第98页。

余论

正如郭绍虞在序中评价《中国文学史新编》时指出，"不必说什么'后来居上''晚出者精'"，平心而论，《中国文学史新编》总体上并没有明显超越同时期中国文学史编撰的水准。例如，其所持的文学观念就是当时盛行的"纯文学史观"；史料的拣择因只谈诗词、曲赋、小说、戏曲，与同时期的文学史相比，反而有略显偏仄之嫌；元明清三朝，除设有一章谈"明清的诗"之外，余皆谈杂剧、戏文、昆曲、地方剧和小说，这也都是当时史家通常的"操作"。不过，张长弓在平稳叙述文学史实的基础之上，紧密结合当时高中国文教学宗旨和课程设置，力图在体例和叙述上打破了"指南式"的编撰模式，同时又努力地吸收当时学界的最新观念，融入个人的研究志趣和心得。从这个意义上说，《中国文学史新编》还是基本上可当得上"新编"二字的。

在本书整理过程中，为保证原版原貌再现，对于原书中的人名、地名、书名、职官、译名及引文，除明显排印错误外，均未径改，必要之处均以脚注予以说明。民国学者引述文献常有讹误脱漏，除明显字词差错，亦不校补。

目　录

序

　　近来坊间关于文学史一类的书出版的很不少。在这些中间并不是没有可读的书，但是，很难得到一般的好评，很难有一部较有权威的著作。这固由于文学史本身编著的困难，不免有未惬人意之处，然亦未尝不是作者的宗旨与批评者的标准不相同的缘故。

　　胡先生的《白话文学史》，颇有一些新材料、新见解，而评者犹且病其偏而不全，时多武断之语，其他则又何说。文学的范围难定，研究的立场互异，新材料的发见亦无穷，专门问题之待解决更有待，加以作者之嗜好也容或有些偏向。这些都是编著文学史的困难之处，而评者却可以站在任何方面以肆挑剔的。因此，文学史的著作虽多，而欲得一般的好评却很难。

　　其实，在这庞大无垠的范围中间，而且一向是凌乱琐碎未经整理的材料，再加以各种问题的纠纷，与其他有关部分之材料与问题一样的未能整理与解决，则欲在现在短期间便希望成功一部完美无疵的《中国文学史》，足以使一般读者心折首肯的，当然是不可能的事。这本是一大片待开垦的园地，现在虽有少数从事开垦的人，而时间既短，工具又不良，计划又不甚精密，尚不曾听到分工合作的办法，则各人的力量有限，如何能冀其遽有巨大的收获。所以我以为至少在现在，评者不应悬着很高的标准，存着很厚的奢望，以求全责备，而作者亦不必过作夸大逾量的宣传。

最近张长弓先生寄示他所编著的《中国文学史》。他说，这是他历年在各高中讲授时的讲稿，或者可作高中用的教本。这虽是张君的谦辞，然而这样坦白地说明他自己著作的分量，不说过分夸大的话，那也是值得称许的。

不必说什么"后来居上""晚出者精"——虽则此书亦确有兼具诸家之长的地方。即使不管这些，仅凭作者的宗旨，以作评介的申述，觉得亦有几点可以特别提出申说的。其一，编制匀称，关于新材料与旧材料的去取，绝无畸轻畸重之弊。其二，论断平允，这也与前项有连带的关系，并没有什么偏见，更不讲什么立场，而只是将具体的事实以证明文学的演变。这是平凡中的伟大。间有独抒心得之处，也是这些事实所当有的结论。近人治学，往往先讲立场，预定假设，戴着有色眼镜，以驾驭一切材料，以造成他的惊人之论、独创之见。这固是不平凡中的伟大处，然而流弊亦很多。此书既作高中教本所用，则更需要有公平的叙述，使学者扎下平正的基础，才不致导入歧途。不求有功，先求无过，则此书之长亦正在适合高中的教本，不必以作者之谦辞，误贬此书之价值也。

郭绍虞

二四，四，七

自　序

　　这部稿子，是为的安阳高中、开封师范等校应用而编撰的。执笔时候，对于编制方法，曾经考虑过，所以在课室内讲授，学者去自修，或较于其他文学史本为适用些。"简而得体，疏而不漏"是最初的目标，现在做到没有，只好待诸高明读者的批评了。

　　这部稿子要声明的：不是学术史，不是文章史，不是作者别传，不是作品一览，所以和其他的文学史，情形尽管有不合处。这也不是他人所作的不好，完全是作者的观念与态度不相同的。

　　这部稿子编撰后，曾经业师郭绍虞先生详加指教，并在百忙中弁序卷首。深为感谢，特志数语于此。

一九三五年三月自序

例　言

（一）编文学史的不外两种态度：一是就每一时代的文学观念下，把所有的史料分析整理，以见其史的流变；一是就现代文学观念下，去寻绎擘画前代的史料，以见其史的流变。本稿为适应高中师范的需要，采用第二种态度。

（二）本稿打破文学史的传统编制法，以时代为纲，以文体作风派别为子目，作家传略及作品名目，皆略而不及。

（三）本稿因为是"史"的性质，取材较为谨严。对于伪托及需要考证的材料，皆加以精细的鉴别。

（四）本稿在坊间可称为创作，故子目的题署，颇费苦心。其题署因文体不同：有以材料性质的，有以作风派别的，间有以文学史上惯称之派系的，此皆为阐明便利计，并非自乱其例。

（五）本稿打破传统编文学史者的惯例，不主张录引原文，虽间有一二处录引，亦为申明其他之主旨的。

（六）本稿取材虽有借用坊间文学史处，然每章后皆列举参考书以示读者的门径，并借以明原著者搜罗之功。

（七）本稿编制，全部分二十八章，都七十二节，如用为教本，合于两学期间每期十八周每周两小时，一小时一节的讲授。

（八）本稿虽常有一般人的见解，然多有作者一得之愚，国内贤达，有教正的，至深感谢。

（九）本稿外有《文学作者及其作品》一书，提示作者生卒传略及在当代文坛上之位置，并其作品名目的考察，作此书的参考。

第一章　导　论

第一节　何谓文学史

"文学"的解释

"文学"二字，在中国古代引用的意义和后代人的文学观念多不符合。中国最早引用这两个字当是《论语·先进篇》中的"文学：子游、子夏"语，这里"文学"二字的解释是包括文章与博学二义的。到两汉时期，"文学"就专指学术而言了。魏晋以后，文学的观念方渐近于吾人所谓"文学"的意义，观宋文帝拿儒学、玄学、史学与文学并列可以证明。此后，虽复有主张"文以明道"或"载道"之说，然而这总在文学观念认识清楚之后，无论如何文学与其他学术殊科的。

"文学"二字在西洋，本出于拉丁语之"Litera"或"Literature"的，当时学者用此字实含有文字、文法、文学三种意义的，所以在各种辞典查文学（Literature）这个字来看，尝有七种不同的意义，可见西洋对于"文学"的解释，也是自来不统一的。近年来作文学概论的关于定义一部分，总是如数家珍一般的罗列出各家的意见。到底"文学"二字作何种解释呢？美国亨德（Hunt）教授在他所著的《文学原理及问题》上关于"文学"二字的意义，有一番较精确的解释。其言曰：

> 文学是思想的、文字的表现，通过了想象、感情及趣味，而在使一般人们对之容易理解并且惹起兴味的非专门的形式中的。

由这个定义，可以看出文学这种东西：（1）是思想意识的，（2）是想象感情的，（3）是艺术化的，（4）是民众的。一般的中西人士，都觉得亨德的话明确得体，公认为"文学"标准的解释。要是在中国现代思潮中去看，不惟说是民众的，而且是民众生活改造的一种工具呢。

以上是"文学"二字的解释。

"历史"的解释

"史"字是记事之书的意思，据说在黄帝时候已有了史官。大概周代记言记动的史官是可靠的吧。西洋"历史"这个字源出希腊文之"iotopia"①一字，意义是关于过去的纪述和研究。在初步的历史形式，无非是关于一民族、一国家、一区域、一都市的过去生活事迹（事变、现象及社会状态），按年月日记载下来。再进一步呢，就是"历史"的任务了。它的任务可以拿三个基本问题去决定：

（1）过去发生了什么？

---

① 编者按：当为希腊文"$\iota\sigma\tau o\rho\iota\alpha$"一词。

（2）为什么有这事迹发生？

（3）其影响若何？

在第一个问题，就是确实在过去某时期曾发生过的事迹，并且要分析事迹的特点、特性及特征，好作第二个问题的根据。在第二个问题是确定了事迹本身之特殊后，进而追求产生这种事迹的各种因果关系，如产生这事迹的诸事迹以及历史演进过程中的诸情态。第三个问题就是已说明的事迹，它对于地方性、民族性以及国际性的影响。

以上可以看出历史的意义与任务。

"文学史"的解释

文学史自然是一种限于文学的历史。它的意义完全要根据历史而来。像有些作文学史的列出作家的姓名，真如"点鬼簿"一般。排列出作品名目，又与点菜单无异。所以有人说，真正的文学史必须摆脱"名胜一览"或"都市指南"式的态度。作者要有历史的精神，具备一种批评的眼光，做到说明（to interpret）、证明（to verify）、鉴定（to judge）的程度。还不要忘掉文学为生活的表现，不惟对于文学作者个人生活有精细的探讨，对于产生文学的时代精神、社会环境亦须有真切的认识，然后再就确定了的事实上去考察它所发生的影响。我们为了明白文学史的任务起见，仿上边历史的公式列之于下：

（1）研究文学作品之本身。

（2）研究文学演变之原因。

（3）研究文学演变之影响。

第二节　中国文学史之产生

因为中国前代文学观念从未确定，所以文学史的著述也从未发现完整的东西。要以中国的通史来看，是流水账式的事务记载，是御用的皇家年谱，所以从通史中去找文学史，也不过找出《儒林传》《文苑传》一类的东西罢了。在史书以外，诗文集序、诗话语林上，尚可寻出一些近于文学史的零章断篇。现在我们简单地考察一下：

文学史的踪迹

"文史"的名称，始于唐吴兢底《西斋书目》。追后欧阳修底《新唐书·艺文志》袭用其名，于是修史的往往在总集后，附列出"文史"一门，录入《文心雕龙》《诗品》以下的评文学之书。但这里所谓"文史"，还不是现在所谓的"文学史"。

宋《中兴书目》有云：

　　文史者，讥评文人之得失也。

可见文史的含义，不过是文学史中的一部工作罢了。

要是考察前代文学史的篇什，当推刘歆底《诗赋略》为最早，不过《诗赋略》业已不存，所幸《汉书·艺文志》是本《七略》而作的。《艺文志》上关于诗赋之分类有五，即赋三、杂赋一、歌诗一。关于诗赋变迁之原因有云：

　　赋者，古诗之流也。古者诸侯卿大夫交接邻国，以
　　微言相感，当揖让之时，必称诗以喻其志。春秋以后，

周道寖坏，聘问歌咏不行于列国。学诗之士，逸在布
衣，而贤人失志之赋作矣。

由这一段，可以看出《诗赋略》的性质了。同时要认为是文学史
最早的篇什呢。

次一点是晋挚虞《文章流别志论》，《隋志》称《文章流别
集》四十一卷，《文章流别志论》二卷。此二卷本，却亦具着文
学史的性质，虽此论前代已亡，后代集本，亦还不少（有张氏
《百三名家》本，严氏《全晋文》本等）。我们引它的一段《哀
辞》来看，即可以知其大概。

　　哀辞者，诔之流也。崔瑗、苏顺、马融等为之。率
以施于童殇夭折不以寿终者。建安中，文帝、临淄侯各
失稚子，令徐幹、刘桢为之哀辞。哀辞之体，以哀痛为
主，缘以叹息之词。

是此《流别志论》无疑的可以作为文学史的性质去看的。据云：
《流别集》内文章为若干体，每体中论其流别主旨及作家等。后
人集出名为《流别志论》。

此外《文心雕龙》的究文体之源流，《诗品》的第作者之甲
乙，现行本之任昉《文章缘起》以及唐以后的零篇断章，多可认
为近于文学史之篇章的。

文学史的产生

中国文学史的产生，并不是出于中国人之手的。细考察起
来，以公元一九零一年，翟理斯（A.Giles）出版之英文本《中
国文学史》为最早。次一点或者要属日本笹川种郎著的《支那文

11

学史》，它是收在日本博文馆明治年间所出之《帝国百科全书》之内的。中国人自己着手来著的，要属侯官林传甲底《中国文学史》为最早。林氏为清末北京优级师范馆的教授。是书编撰的时期，约在光绪三十年（1904），序上有"光绪三十年十二月朔，侯官林传甲记"的字样。出版的日期是宣统二年（1910）六月，［窦警凡《历朝文学史》光绪三十二年（1906）铅印，未见。］印行的书局，是日本东京弘文堂。

这部文学史，并不是林氏的创作，在《大学堂章程自序》上说：

日本有中国文学史，可仿其意，自行编撰讲授。

按当日早稻田大学有《支那文学史》课目，想林氏或为模仿早稻田大学《支那文学史讲义》而著此书。

林氏的文学史，全书共分十六篇，每篇分十八章，都为二百八十八章。内容是中国学术无所不包，文字学、群经学，以及周秦传记杂史，都在叙述之列的。

民国以来，文学的空气顿为浓厚，所以文学史的制作日多，到现在已不下数十种了。

本章参考书

（1）《文学观念的变迁》郭绍虞著（《东方杂志》）

（2）《文学概论》第一章本间久雄著、章锡琛译（开明本）

（3）《文学史方法论·绪论》Keltuyala 著、陆一远译（乐华本）

（4）《略论中国文学史》张长弓著（岭南大学《学术讨论》二、三期）

（5）《文学史之新途径》须尊著（《鞭策周刊》二十一、二、三期）

（6）《上古文学史笔记》郭绍虞讲

第二章　中国文学史之初幕

第三节　诗篇是怎样产生的

古人的诗论

中国前代文学观，虽然未臻于明晰之域，然从来诸家之论诗，多未失"纯文学"的观点。对于诗之产生，亦多发出肯綮之论。这是值得庆幸的。

最初《尚书》上唱出"诗言志，歌咏言"，把诗的本身意义，亦算没有闹错。所谓"志"，也就是心情意志的意思。后来荀卿接着也说"诗言其志也"。迨后汉的卫宏在《毛诗序》（据《后汉书·儒林传》）上把诗产生的道理，以及诗之形式与特点都阐发出来了。序云：

> 诗者，志之所之也，在心为志，发言为诗。情动于
> 中而形于言，言之不足，故嗟叹之；嗟叹之不足，故咏
> 歌之；咏歌之不足，不知手之舞之足之蹈之也。

把诗产生的道理说得这样明白，我们不能不承认诗论在后汉之进步了。后来朱熹作《诗经集解》时，序言中就是推演卫氏的意

思。而历代如挚虞《文章流别志论》、钟嵘《诗品序》、沈约《谢灵运传论》等，论诗之产生，在卫氏意思以外，亦缺少新的理论的。

实生活与诗

不过卫氏的理论，还缺少具体的意见：我以为诗之产生，是伴着人类实生活而来的。所以沈约说："歌咏所兴，自生民始。"即人类有了生活，即产生诗歌。再征诸西人之言，如——

麦更西（A.S.Mackenjie）在《诗的起源》上，以为诗的发生要早于明晰的言语。而以现存原始民族单纯的原始诗作为证例，但是他也不否认诗歌最初构成时的三个要素。这三个要素即是我国《乐记》所记之："诗言其志也，歌咏其声也，舞动其容也。"也就是音乐、舞蹈、诗歌的三位一体（Trinity）。莫尔顿（R.G.Moulton）底《文学之近代研究》，也以原始之文学为诗与音乐、舞蹈之混合物，所谓"ballad"者是也。在中国古代相传之歌八阕，很足以代表出此种情态，《吕氏春秋·古乐篇》有云：

> 葛天氏之乐，三人摻牛尾投足以歌八阕。

此可以想见当日之言语、音乐与动作的。据说北美洲印第安人有一种野牛舞，或与此相类。

这是说原始诗歌之要素。然诗，怎样才会产生呢？当然是上面所谓实生活的关系。毕夏（Bucher）在其《劳动与韵律》一文中云：

> 在其发达的最初阶级，劳动、音乐及诗歌是最紧密的结合着的。

而芬兰大学的美学教授希伦（Hirn，1876—）在《艺术的起源》中亦云：

> 我们以为最原始的野蛮人的舞蹈，如北美印第安人及黑奴的舞蹈，实在也是非单纯的艺术之所产，他们是依了这作为日常狩猎时射击鸟兽的练习。那舞蹈的动作，便是他们所狩猎鸟兽之动作。

由希氏的论说看来，诗歌之产生与实生活确有不能分离的事实。那么，我们可以得一结论，诗歌之产生是对于当日社会上实生活有着密切的关系，亦即诗歌是由实生活中、劳动中产生出来的。观《礼记·曲礼》郑注"春不相"的所谓："古人劳役必讴歌，举大木者呼邪许"，益足以相信此说了。

第四节　三百篇以前之诗篇

鉴伪的理由

诗歌既是原始社会中已经产生，周代的诗三百篇当然不能算作中国最早的诗歌。惟是中国最早的诗歌，现在已经无从得知了。因为当日缺少文字的记载，虽然大家利用口授，久而久之便失传了。后代书籍上所记之古代歌谣，多为伪托，是不足以凭为史料的。文字的记载始于何时呢？据现在殷墟发掘的甲骨文字来看，一个字有多种的写法（"吉"字有三十八种），自然是历史演变的关系，然由此可以看出在当日文字尚未臻于成熟的地步。文字既未成熟，记载的时候当然甚为简陋。所以我以为文字之足以记载事物，最早是在商之末期。在称为周以前的诸歌谣中，或者拿诗体发展之历程去观察，而判定其为伪托，如舜时《八伯歌》之用八伯，再如《孔子家语》所记之《南风》诗，"词露意浅，声曼力弱，正如韩子《拘幽操》之拟文王，《履霜操》之拟伯奇耳"（见崔述《唐虞考信录》）。又《五子歌》《刺桀歌》等，一经考据家去鉴别，是多无存在之余地的。

存疑的诗歌

现在把比较有可信之成分的歌谣，存疑数篇于下：

（一）《弹歌》

《吴越春秋》（伪托后汉赵长君著）曰：越王欲谋伐吴，范蠡进善射者陈音。王问曰：孤闻子善射，道何所生？对曰：臣闻弩生于弓，弓生于弹，弹起于古之孝子，不忍见父母为禽兽所食，故作弹以守之。歌曰：

> 断竹，续竹，飞土，逐宍。

这一首歌，刘勰《文心雕龙》的《通变》《章句》等篇，以为是黄帝时歌，虽不可信，要之当是古歌。古代的人民知识未开，人死之后，哪里有衣衾棺椁去埋葬，所以孝子们须在野外看守父母的死尸。当日这一种风俗，并不是过于理想。你看圣人作古文之"弔"字，是一个人和一张弓。去祭吊的人所以要带弓的原因，便是帮助主家去赶禽兽。不过后来把"弔"字写成"弔"字，是只见弓不见人了。所以这首歌，很能代表古代社会生活的意味。

（二）《击壤歌》

此诗见于皇甫谧《帝王世纪》及其《高士传》等书，以为当日

17

天下太平，百姓无事，有老人击壤而歌。其歌云：

> 日出而作，日入而息。凿井而饮，耕田而食。帝力于我何有哉！

这首歌很足以看出以农立国的农民生活，其意味是生活在都市里的人们所不能领略的。农夫们到现在仍然是以太阳为时辰钟，有时候凿井而饮，有时候就溪而饮，连梦中也想不到有自来水这回事。由现在的农民生活去推测当日的生活状况，这首歌在当日是有实际生活之意味的。日人以为有黄老的思想，与我的意思不同。

（三）伊耆氏《蜡辞》

《礼记·郊特牲》云："伊耆氏始为蜡，蜡者，索也。岁十二月合聚万物而索飨之也。"《祝辞》云：

> 土反其宅，水归其壑，昆虫毋作，草木归其泽。

这是农家祷告之辞。在年底时候，收获已毕，大家聚在一块儿作第二年的空想。"草木归其泽"，是草木要生长在池泽之内，勿荒芜了良田。从这里也可以看出当日农民的生活与思想。

（四）《麦秀歌》

这首歌见于《史记·宋微子世家》，说箕子朝周，过故殷墟，感宫室毁坏，生禾黍。箕子伤之，欲哭则不可，欲泣为其近妇人，乃歌以悲之。其歌云：

> 麦秀渐渐兮，禾黍油油。彼狡童兮，不与我好兮。

人之常情，睹旧而感，感极而悲，悲极而歌。于情理很可以说得过去。

诗三百篇以前之歌谣，据各书所载，有二十余首之多，现在只选出这四首来以存疑。在此四首之中，想亦非原来之真面目，字句之改削，修辞之变迁，不知经了后人多少的损益。因为它们合于当日之生活实况，所以料其为由传述中记录下来的。

第五节　韵文之发达

韵文的发达

任何一个国家，文学史的初幕，都是韵文发生在散文之前的。这已经有事实的证明：不论希腊之史诗与印度之古梵文，同是用韵文写成的。一般的说，韵文发生在散文之前，多是根据各国文学史最初的史迹为诗歌的原故，这自然是很确凿的事实。诗歌是由原始的人生之实生活中产生出来，因为它是口头的文学，自然歌唱，所以须要天然的节奏与韵脚。现在我以为不仅由诗歌可以看出韵文发生在散文之前，而古代韵文之发达，亦是显明的史迹。由此可知韵文在古代的势力，并足以考知诗歌本身滋长的容易了。

在周代诗歌总集的《诗三百篇》本身是韵文，暂且不提。拿子书的《老子》，经书的《周易》来说，都是显著的韵语之书。他如《尚书》之《尧典》，《管子》之《牧民》，以及《韩非子》之《守道》等篇，皆为韵语。再拿《论语》来看，五百章的二十篇之中，有韵文之形者，占二百三十余章之多（见日本冈田正之《论语韵文之研究》）。是中国现存最古之书籍，多由于韵文写成的。

发达的原因

中国古代之韵文，何以会这样的发达呢？大概是实用与否的关系吧。在古代文学产生之后，记载之具，尚未臻于完备，在记诵与流传上，不得不赖于口耳之相传。阮元《文言说》云：

> 古人以简册传事者少，以口舌传事者多；以目治事者少，以耳治事者多。同为一言也，转相告语，必有愆误，是必寡其词，协其音，使远近易诵，古今易传。

阮氏此说，可谓至当。征诸后世之"杂艺百家，拾用名数，率用五七言，演为歌诀"，如史游《急就篇》、魏伯阳《参同契》以及《千字文》《百家姓》等用有韵之文可知。

韵文在古代既然这样的发达，而与人生俱来的诗歌，本身就是歌唱的，既易于记诵，其发达是不待言的了。

本章参考书

（1）《古诗选》（清）王士禛撰（《四部备要》本）

（2）《古诗源》（清）沈德潜撰（嘉庆八年重刊本）

（3）《中国诗史萌芽时代》陆侃如著（开明本）

（4）《唐虞考信录》（清）崔述著（《崔东壁遗书》文化翻印本）

（5）《论语韵文之研究》冈田正之著（日本《斯文杂志》创刊号）

（6）《文学概论》第三章本间久雄著、章锡琛译（开明本）

第三章　诗三百篇

第六节　诗三百篇之集成

两种旧说

诗三百篇之集成，自《史记·孔子世家》以来有一种因袭的说法，是采诗与献诗之集合。后来至圣先师的孔子产生，才从三千多篇中选删为现在通行的这个薄本。至今这种说法我们不能再承认了，要从史的真实中推翻以前的理想论，惟是采诗与献诗在古籍中著录的很多，在此颇应有一番检察的工作。兹将诸书之说备列于后：

（一）采诗

A. 古文家的《左传》说（自上行下）

《左传·襄公十四年》引《夏书》云："遒人以木铎徇于路，官师相规，工执艺事以谏。"

杜预《左传注》云："遒人，行人之官，木铎徇于路，求歌谣之言。"

《汉书·食货志》云："孟冬之月，行人振木铎徇于路，以采诗，献之大师，比其音律，以闻于天子。"

B. 今文家的《公羊传注》说（自下行上）

何休《公羊传注》有云："五谷毕，人民皆居宅，男女同巷，相从夜绩。从十月尽正月止，男女怨恨，相从而歌，饥者歌其食，劳者歌其事。男年六十、女年五十无子者，官衣食之，使之民间求诗，乡移于邑，邑移于国，国以闻于天子。"

（二）献诗

《国语·周语》云："故天子听政，使公卿至于列士献诗，瞽献曲，史献书，师箴，瞍赋，矇诵。"

又《晋语》云："古之王者，使工诵谏于朝，在列者献诗。"

《毛诗·卷阿传》云："明王使公卿献诗。"

怀疑论者

朱子在《毛诗集传》《国风》注，亦以为"风"是诸侯采之贡之于天子，天子列之于乐官，"雅""颂"是朝廷之上所作的。到底采诗、献诗在周代有这样的美政没有？中国第一个怀疑的人，要是崔述了，崔氏《读风偶识》云：

> 余按克商以后，下逮陈灵，近五百年，何以前三百年所采甚少，后二百年所采甚多？周之诸侯，千八百国，何以独此九国有风可采，而其余者皆无之。……且十二国风中，东迁以后之诗居其大半。而春秋之策，王人至鲁，虽微贱无不书者，何以绝不见有采风之使？乃至《左传》之广搜博采而亦无之。则此言出于后人臆度

22

无疑也。……大抵汉以降之言诗者，多揣度而为之说。
其初本无的据，而递相祖述，遂成牢不可破之解，无复
有人肯考其首尾而正其失者。

崔述大胆的揭示出这种臆说，日本青木正儿不知是否受了崔
氏之暗示，作了一篇《自诗教发展之径路见疑于采诗之官》一
文，他以为采诗之官是儒家的理想论，把诗教之完成分作三个
时期。

（A）在西周有乐教无诗教。

（B）至春秋赋诗之风盛行，而诗教渐萌芽。

（C）至战国时代诗教已完成。

他是以音乐进化的观念来考殷周时代，分为乐主诗从期、乐
诗分歧期、诗教定础期的，因而有以上三段历程，由以上的三段
历程中，推定孔子以前是无诗教的。孔子也未尝删过什么诗，所
以到最后的结论，便是以下的四端了。

（一）周政府有采乐无采诗。

（二）诗之内容仅供音乐之实用，非供政教之资料。

（三）孔子未曾删诗，只是自然淘汰的结果。

（四）献诗说、采诗说、陈诗说，不过是诗教发展之后，自
诗教之见地构想出来的理想论。

汉以后经书为人所崇尚，诗教之基础更因之而巩固。汉武帝
既立乐府，采赵、代、齐、楚之讴谣，于是想到周代一定也有同
样的制度，采诗、献诗之说的假想遂以成立。

至于诗三百五篇之数目，为自然淘汰的结果，而非任何人所
删，亦是确当之论。拿后代记录之工具完备，以推断前代是不可
以的。在当日断不容有数千篇的诗歌在存录着，因为篇什之不易

记录，随伕随起，这是敢断言的。况且孔子自己亦常说诗三百之数呢？而墨子《公孟篇》亦常称孔子诵诗三百，舞诗三百，弦诗三百。大概诗三百篇是当日经了孔子整理一番，后人遂起了误会。再说当日如果有数千篇之诗，何以三百篇以外很少见于周代之书物上呢。今考左丘[①]明自引及述孔子之言所引者共四十八条，而逸诗不过三条，其余列国公卿共引诗一百一条，而逸诗不过五条。又列国宴享歌诗赠答七十条，而逸诗不过五条，是逸诗仅删存诗二十之一也。若古诗有二千余篇，则所引逸诗宜多于删存之诗十倍，岂有古诗则十倍于删存诗，而引逸诗反不及删存诗二三十分之一也（见赵翼《陔余丛考》卷二）。故知史迁三千余篇之说，不足以信乎后人。

第七节　诗三百篇内容概说

诗三百篇是周代的一部民歌总集，虽有些是文人执笔，但姓名多已不可考的了。《小序》所述某诗为某人所作，那是后人猜测的话，不可靠，惟有从诗篇中可以看到"家父作诵，以究王讻"（《小雅·节南山》）、"吉甫作诵"（《大雅·嵩高》《烝民》）等人名的指示。他的时代是公元前十一世纪至公元前六世纪约有五百年之久的。

---

① 编者按：底本作"邱"，下同。

分类与表现法

自来都是以《风》《雅》《颂》三大类来作三百篇之类别
的，现在从他的内容、性质上去估定，分作贵族乐歌与民间谣歌
两大类别：

（1）贵族乐歌

a. 宗庙乐歌——《下武》《文王》等。

b. 颂神乐歌或祷歌——《思文》《云汉》等。

c. 宴会歌——《鹿鸣》《伐木》等。

d. 田猎歌——《车攻》《吉日》等。

e. 战争歌——《常武》等。

f. 其他

（2）民间谣歌

a. 恋歌——《静女》《中谷》等。

b. 结婚歌——《关雎》《桃夭》等。

c. 歌及颂贺歌——《蓼莪》《螽斯》等。

d. 农歌——《行苇》《既醉》等。

e. 其他

在诗三百篇中，我们常愿读民间的谣歌，不乐于读贵族乐
歌，因为民间谣歌多具有迫切动人的情感。按表现法来说，诗
有"赋""比""兴"三义，"赋"是铺陈其事而直言的，
"兴""比"则为言在此而意在彼，是借物托事以言，曲折婉转
以达的。因之其表现之情感，更令人感觉到真挚有力。如：

关关雎鸠，在河之洲，窈窕淑女，君子好逑。

南有乔木，不可休息，汉有游女，不可求思。

这都是作者意有所美，先托一件事物，然后才能显出言近而旨远的美妙。所以比兴的写法，在后人还常常使用。

形容词与用韵

在诗三百篇中的描写有一点应该特别提出的，是他的形容词尽用谐声的写法。如形容雎鸠之声则用"关关"；形容草虫之声，则用"喓喓"；形容鸡鸣之声，则用"胶胶"；形容鹿鸣之声，则用"呦呦"；形容筑土之声，则用"登登"。诸如此类的很多。现在我们以为"关关"不似雎鸠之声，"喓喓"不似草虫之声的原因，是我们读的不是古音。日本大岛正健作了一篇《诗经中声音字描写的考察》（见《支那古韵史》），完全是说的这种道理。

再者用重叠字来作形容词的，也是一种特点。如：

以"阳阳"形容无所用心之状——《君子阳阳》。

以"蹲蹲"形容舞蹈之状——《伐木》。

以"猗猗"形容绿竹美盛之美——《淇澳》。

以"夭夭"形容桃叶少壮之貌——《桃夭》。

以"依依"形容杨柳茂盛之貌——《采薇》。

诸如此类的重叠字、形容词，是很多很多，举不胜举。再如"虺隤""委蛇""靰掌""差池""绸缪""优游"等，皆以叠韵二字为联绵形容之辞。又有双声而兼叠韵如"绵蛮"之类，叠韵而兼双声如"间关"之类，是皆诗三百篇上形容词之妙也。

诗三百篇上之用韵的研究，始于顾炎武之《音学》，他以为三百篇用韵之法只有三例，不过略发其凡，未有成书。江慎修著

《古韵标准》，把三百篇之韵例举二十二则。孔广森《诗声类》
分例，举三百篇韵例二十七，丁以此《毛诗正韵》以为韵例有
七十四，似此三百篇中无字不韵了。因为用韵的关系，句子遂造
出多少的变化，完成一部文辞美妙的文籍。

第八节　诗三百篇对于后代文艺之影响

诗三百篇这部东西，要以所谓"诗教"的眼光来解释，对于
后代文艺的关系是很重大的。譬如说战国时代，是纵横家抵掌揣
摩，腾说以取富贵时代，其文辞多为铺张扬厉、变本加厉，以求
动人之听闻。这就是推衍比兴之旨、讽谕之义能专对四方之结
果。章学诚《文史通义·诗教》云：

> 学者惟拘声韵谓之诗，而不知言情述志、敷陈讽
> 谕、抑扬涵泳之文，皆本于诗教。

章氏之言，不能算过分。一种古代的文学作品，后人或有意的
去模仿，或无意的受其影响，都不能脱离它的关系的，像荷马
（Homer）的史诗，在欧洲Virgil、Dante、Milton都深受其影响
的。关于诗三百篇之影响后代文坛，我们可以分做两方面来看：

体裁的

后代诗式关于字之多少，而别出各种的诗体，由一言以至于
九言。其中四言、五言、七言为后代诗体之大派，论者谓这种情
形皆由于诗三百篇中而来。挚虞《文章流别志论》云：

> 古之诗有三言、四言、五言、七言、九言、六言，
> 古诗率以四言为体，而时有一句、二句杂在四言之间，

后世演之，遂以为篇。古诗之三言者："振之鹭""鹭于飞"之属是也，汉郊庙歌多用之。五言者："谁谓雀无角，何以穿我屋"之属是也，于俳谐倡乐多用之。六言者："我姑酌彼金罍"之属是也，乐府亦用之。七言者："交交黄鸟止于桑"之属是也，于俳谐倡乐多用之。……

以上言后代各种诗体，皆由于诗三百篇而来。若再详细点说，谢榛底《四溟诗话》云：

《江有氾》，乃三言之始，迨《天马歌》体制备矣。

刘勰《文心雕龙》关于五言又云：

《召南·行露》，始肇半章；孺子《沧浪》，亦有全曲；《暇豫》优歌，远见春秋；邪径童谣，近在成世；阅时取证，则五言久矣。

这一节说着五言发生之途径，而起源于诗三百篇。总之以体裁而论，后代之诗不能出乎诗三百篇以外的。

内容的

在诗三百篇中所咏写的内容，是包含得很广的，后代的各种诗派，往往从这里分化推演而成。拿咏物与写景来说吧，咏物是以天地自然为对象，是映画的叙景诗。汉蔡邕底《翠鸟诗》为最初的题名作，断于陈隋的《古乐府》里，其题有时景二十五、山水十三、草木二十一、鸟兽二十一的名目，都是咏物。在佩文斋《咏物诗选》里，载咏物之作，凡一万四千六百九十五首之多，其物象天、日、月、星以下达于四百八十六类呢，此可见咏物诗之多了。至于说到写景诗，《文选》上有游览之作二十三首，行旅之作三十一首。其中单以谢灵运而言，在游览诗中有九首，行旅诗中有十首，所以后人称他为山水派的祖师呢。

这种咏物写景诗，在三百篇上已开其先河了，譬如《陈风》的《东门之杨》是：

> 东门之杨，其叶牂牂，昏以为期，明星煌煌。

> 东门之杨，其叶肺肺，昏以为期，明星晢晢。

拿"牂牂""肺肺"来形容杨树，拿"煌煌""晢晢"来形容明星，不能不称为善于表现。再如《小雅》的《出车》末章云：

> 春日迟迟，卉木萋萋。仓庚喈喈，采蘩祁祁。

亦皆用重叠字来表现。外如"风雨潇潇，鸡鸣喈喈，风雨潇潇，鸡鸣胶胶"（《王风·风雨》①），"杨柳依依，雨雪霏霏"（《小雅·采薇》）之类，都足以启发后人之咏物写景的。

以上咏物写景是客观的文学，再看主观的文学恋爱之作吧。后汉古诗十九首中像《明月何皎皎》《冉冉孤生竹》，明明是写恋爱的，秦嘉、徐淑的《赠答诗》，苏百玉妻的《盘中诗》，都是叙述缠绵相思之情的。魏晋以后南北朝时期，写恋爱诗简直成一种风气，所以徐孝穆把这一类的东西，集合起来编了一部《玉台新咏》。在三百篇中，描写求爱的有《野有死麕》《摽有梅》之类，描写恋爱的有《桑中》《东方之日》之类，描写结婚的有《桃之夭夭》《何彼秾矣》之类，描写相思的有《卷耳》《汝

---

① 编者按：今本为《郑风·风雨》。

坟》之类，描写单恋的有《有女同车》《出其东门》之类，描写拒爱的有《行露》《匏有枯叶》之类。由这样看，三百篇简直可以当着恋爱诗之辞典来看呢。

本章参考书

（1）《中国文艺变迁论·诗经对于后代文艺之影响》张世禄著（商务本）

（2）《文史通义·诗教》（清）章学诚著（通行本）

（3）《毛诗正义》四十卷（汉）毛亨传、（汉）郑玄笺、（唐）孔颖达疏（《十三经注疏》本）

（4）《读风偶识》四卷（清）崔述著（《畿辅丛书》本）

（5）《自诗教发展之径路见疑于采诗之官》（《支那文艺论薮》本）

（6）《插图本中国文学史》第四章郑振铎著（朴社本）

（7）《诗经学》胡朴安著（商务本）

（8）《中国文学概论》第二十六章儿岛献吉郎著、胡行之译（北新版）

第四章 《楚辞》

第九节 骚赋生成之渊源

诗三百篇以后，有一部伟大的文人创作集，那就是《楚辞》。《楚辞》中包含着屈宋诸人的骚赋与汉代文人的辞赋，这里是仅就骚赋而言的。骚赋的生成，据通常说法是继承诗三百篇演进而来的，实则他也有它自己的社会背景与前代之渊源，幸而天才的作家屈宋等适逢其时，所以伟大的制作，便流传在人间了。现在把这些原因陈述于下：

时代的背景

凡一种文艺的产生，时代必作为基本的背景。战国时代，当封建制度之后，正是政治、学术分裂时代。当此分裂之时，诸子群起，争鸣于世，于是为了宣传自己的学说或主张起见，遂著于竹帛而成专书，著述之风气因而大盛。章学诚《文史通义·诗教》云：

> 周衰文弊，六艺道息，而诸子争鸣。盖至战国而文

> 章之变尽，至战国而著述之事专，至战国而后世之文体
> 备。

这就是说着这种道理。再在这种纵横家游说的时代，自然是文过其质，所以优美的文学渐渐产生。屈宋生在这种时代，自不能摆脱这种风气，所以刘勰《文心雕龙·时序篇》云：

> 春秋以后，角战英雄，六经泥蟠，百家飙骇。……惟齐楚两国，颇有文学，齐开庄衢之第，楚广兰台之宫……屈平聊藻于日月，宋玉交彩于风云。观其艳说则笼罩雅颂，故知暐烨之奇意，出于纵横之诡俗也。

由此可知骚赋上那种幽远诡异之想、雄大宏丽之辞，完全由于战国时代之背景而产生的了。

古乐的衰亡

战国时代，雅乐渐渐沦亡了，乐师们散往各国（见《论语》），于是各国的新乐兴起。一般人呢，也厌恶了雅乐，而愿享受新兴的乐调，和现在许多人爱听西洋歌曲一样。章太炎《国故论衡·辨诗》云：

> 魏文侯听今乐则不知倦，古乐则卧，故知数极而迁，虽才士勿能以为美。

这是说新兴音乐的势力。又《国语》载晋平公好新声，孟子言齐宣王好世俗之乐，皆足以见新兴音乐势力之大。这时候的新兴音乐，郑卫之声，大概是一种。孔子恶郑声之乱雅乐也，《乐记》所谓郑卫之音，乱世之音也。这都是对于雅乐有了成见，所以对于新兴的加以抨击。在郑卫之乐外，还有秦乐，也是新兴音乐之一。所谓秦声之歌缶"呜呜"是也。楚国是一大国，"亚饭干适

楚"，他们的楚声之兴起是无异议的。赋骚之制作于新兴音乐之空气中，也是理想中事。朱熹《楚辞序》云：

> 又有僧道骞者，能为楚声之调，今亦漫不复存。

是骚赋之可以入乐的一个明证。所以说骚赋之兴起与古乐之衰亡是有关系的。

体制的源流

骚赋体制特别的，大家都知道爱用"兮"字，这一种情形并不是突有的现象。原来楚国文学的特征是音调缓而长，所以须加上一个托音字，"兮"字就是托音字。我们检查《国风》中的《楚风》（林艾轩《与宋提举书》以二南为楚风），如《周南》的《螽斯》与《麟趾》，《召南》的《摽有梅》，都是两句离不了一个"兮"字的。而其他国风，虽然亦间有用"兮"字的，亦多为楚之邻国，邦土相接，歌调自然要多少受其影响的。次于三百篇的楚国最早之歌，是樊姬的《琴歌》，扈子底《昭王返郢歌》，皆用"兮"字组成。又如《子文歌》《楚人歌》虽不见"兮"字的形，那是刘向的错误，倘若把《楚人歌》的"乎"换作"兮"字，那又何不可呢？再如《越人歌》《徐人歌》，以及《孟子·离娄》所引之《沧浪歌》，《左传·哀公十三年》所引之《庚癸歌》，又何一而非"兮"字体呢？这都是楚国远祖的道地文学，可见骚赋之体制是由来已久了。兹将以上所述之歌，示例二首于下：

（A）樊姬《琴歌》：

> 忠言信兮，从正不邪。众妾进兮继嗣多。

（B）《越人歌》

今夕何夕兮，搴中洲流？[1] 今日何日兮，得与王子同舟？蒙羞被好兮，不訾诟耻；心几顽而不绝兮，知得王子。山有木兮木有枝，心说君兮君不知。

第十节 骚赋之内容及对于后代文坛之影响

楚辞之有专集，是到刘向才编定的，内包含屈原、宋玉以及汉东方朔、庄忌诸人的作品。为什么叫作《楚辞》呢？大概是屈宋等是楚人的缘故。宋黄伯思《翼骚序》云：

屈宋诸骚，皆书楚语，作楚声，纪楚地，名楚物，故可谓之《楚辞》。

这话是说得很对的。也有人说楚辞之"辞"，是和汉代之"赋"具同一之意义的。这话可靠与否，不是我们这里所要讨论的。

屈宋的作品

关于屈宋作品真伪的问题，是一个未解决的问题。屈原赋在《汉书·艺文志》中著录二十五篇，这二十五篇的合算法，共有五种之多。不论怎样算法，二十五篇中，确有不少非屈原的作品在内。譬如《远游》中，有一句是"羡韩众之得一"，韩众是秦始皇时候的方士，哪里能引用在屈原的作品中呢？《卜居》《渔父》两篇，开笔俱说"屈原既放"，这显然是第三者的辞句。所以我们认为是出自屈氏手笔的，大概只有《离骚》一篇，《天

---

[1] 编者按：底本作"今日何夕兮，搴中州流？"

问》《招魂》与《九章》九篇而已，若《九歌》之类，乃楚国之民歌，或者曾经过屈氏之手而加以笔削，或者是出自无名氏之手的。

宋玉是晚于屈原的一个楚国作家，《新序》说他是楚襄王，又说楚威王问于宋玉曰……《北堂书钞》又说是楚怀王，众说纷纭。大概他是楚襄王时候的人，因为《史记·屈原列传》说他是稍后于屈原的。

他的作品，在《汉书·艺文志》著录赋十六篇。现在《楚辞》中只有《九辩》与《招魂》，《文选》《古文苑》虽亦集编出十来篇，都不在述说范围之内。况且《风赋》《高唐赋》《神女赋》《大言赋》《小言赋》等篇，内中皆见楚襄王的字眼，若襄王未死，决不能称襄王，襄王死了，臣人亦不能自称其国名的。至于《招魂》也有人怀疑，大概《九辩》一篇是最可靠为宋氏所作的东西。

内容的表现

《九歌》是一种可宝贵的民歌，或者曾经屈原笔削了一次，但也说不定。他的内容极为复杂，大概可分为两部分，一部分是楚地的民间恋歌，如《湘君》《湘夫人》《大司命》《少司命》《河伯》《山鬼》等，一部分是民间祭神祭鬼的歌，如《云中君》《国殇》《东君》《东皇太乙》《礼魂》等是。至于《离骚》，那是一部想象丰富的制作，他所见到的都是仙人，他所走到的地方都是仙境，叙述他的身世，发抒他的牢骚，完全借着神话似的表现出来。《九辩》是以九篇诗组成的。九篇的情调，也有相同的，也有不相同的，他也伤时、怨君、骂世，但是词意不失温柔敦厚之旨。

这时期的作品，表现上已大有进步，拿《湘夫人》中"鸟何萃兮蘋中"与诗三百篇上的《大车》比较一下，拿《少司命》中"入不言兮出不辞"与诗三百篇上的《采葛》比较一下，都可以看出来的。

再者地方色彩亦很浓厚，往往用楚语，纪楚物，如《离骚》中之宿、莽、羌、凭、侘、傺等等都是，这种现象在诗三百篇中是比较少的。

影响

屈宋等人的制作，其影响于后代约有两点可言：

（A）辞赋之祖——明徐师曾《文体明辨》曰："《楚辞》者，诗之变也。……屈平后出本诗意以为骚，盖兼六义，而赋之义居多。厥后宋玉继作，并号《楚辞》，自是辞赋之家悉祖此体。"

（B）造句自由——在诗三百篇中，虽也有长短句，比较以整齐的句法为多。在屈宋等人之作品中，三言、四言、三四七言、三三六言，是完全不拘束的，怎样表现合适，就怎样造句，这是对于后代有极好的影响。

本章参考书

（1）《楚辞》（汉）王逸章句、（宋）洪兴祖补注（金陵书局刻本）

（2）《楚辞概论》游国恩著（商务本）

（3）《插图本中国文学史》第四章郑振铎著（朴社本）

（4）《中国文艺变迁论》第十二、十三两章张世禄著（商务本）

（5）《中国文学流变史》第二章郑宾于著（北新本）

（6）《骚赋生成论》铃木虎雄作（《支那文学研究》日本弘文堂本）

第五章 荀卿制作之解剖
并小说雏形之产生

第十一节 荀卿作品的分析

战国年间，北方产生了一位值得称说的作家，他的文学作品为了他的哲学思想被人忽略的，那便是荀卿了。荀卿的生卒年月，不详于史籍，据我在《荀卿的韵文》一文内的考证，他是晚生于屈原三十一年，晚死于屈原五十年以上的。宋玉、唐勒一般作家，也许和他够上忘年之交了。现在先分析他的作品。

《成相篇》的解释

《汉书·艺文志》，赋家载《孙卿赋》十篇，除五赋外，后人不得其解。实则《成相篇》可以分为五章，即是五篇，自从唐杨倞把这篇误解为三章后，人多不察了。由此看，当日是以此篇列入于赋了。"成相"二字的解释也不一定，约言之，可以分为三种：

（1）认为以初发语名篇，或以为成功在相，故云。——杨倞说。

38

（2）"成相"之义，非谓成功在相。相乃乐器，又古者有瞽必有相。篇首所称"有瞽无相何伥伥"，亦即此义。首句请成相，言请奏此曲也。——卢文弨说。

（3）以为相者治也。请成相者，请言成治之方也。——王念孙说。

此三种解释，以卢说较为合理。《礼记·曲礼篇》上有："邻有丧，舂不相。"郑注以"相"字为送杵声。古人在劳动时候，必为歌讴，以自解困。如举大木时，必有哼哈之声。其乐曲即谓之"相"。请成相，即请成此曲的意思。我们看社会通行的俄国 Volga 地方的《船夫曲》以及佐拉（Zora）所著《小酒铺》中引用马二哥（Margot）在洗衣所中叫唱的歌辞，统是产生于劳动时的。荀氏作词，亦不过采用了民间的歌调罢了。再者民间的歌调是重沓复奏的。在三百篇中《鄘风》的《柏舟》、《郑风》的《扬之水》、《唐风》的《绸缪》，都是这样的。《成相篇》也是这样。

这五篇的分法大概如下：

第一篇——共十三章。

第二篇——共十章。

第三章——共十二章。

第四章——共十一章。

第五章——共十二章。

由上看，彼此相差不过一两章的样子，并无大出入。在这每章之中，也有一定的格式。每章四句，每句字之多少是一定的。并且句句有韵。其格式为：

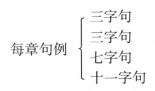

每章句例 三字句
三字句
七字句
十一字句

五篇的文意，即杨倞所谓"杂论君臣治乱之事，以自见其意"的。想为荀氏当日不得志的愤懑之作。

赋篇的分析

荀氏的五赋，可以说是铺采摛文、体物写志的。按赋意来说：

《礼赋》——言礼之功用甚大，时人莫知，演其义而昭告之。

《知赋》——言君子之知的功用，以明小人之知则不然。

《云赋》——言云之功用足以润万物，人多不察，故于此明之。

《蚕赋》——言蚕之功用甚大。

《箴赋》——言其为万物微，而用至重，以讥当世。

五赋中有一个相同的表现法，就是采用问答体。先极力状物，而不点题，用问语。答语亦不直接点题，用疑问的口吻，演义陈理以至于最终方落在题字上。所以全篇亦可以当作隐语看。赋篇的组织，是全用三言与四言构结成的。因为荀氏是北方人，又距诗三百篇不远，所以尚不脱诗三百篇的痕迹。

赋篇的用韵，问语的前段，常用隔句韵，一韵与两韵，都不一定。答语的后段有隔句韵，有句句韵，有隔句及句句错杂为韵。

诗的分析

《赋篇》后附有诗两首，第一首是《佹诗》。《佹诗》的意义，在开笔已陈述出来：

> 天下不治，请陈《佹诗》。

那么《佹诗》之所以陈，是由于天下变乱并求其变乱之由的。

《佹诗》之后，又附一小歌，小歌和《楚辞》之"乱曰"的意思相同，把全篇的意思，重复的再述一篇。

全书的组织，正文共三十八句，多为四言句。其中用五言句者两句，用参差句者四句。三十八句中，除参差句每句有韵外，余皆为隔句韵。通篇为同一韵字。

《佹诗》之后，又载有十二句诗词。按《战国策·楚策》，是诗是遗春申君的。全篇说着是非不察的愤懑之词，完全为失意人的制作。隔句用韵。

第十二节　荀卿制作之承前启后的关系

荀卿韵文的制作，上文已解释出它本身的意义、字句的组织以及用韵的格律等。现在要根据这种情形，估定它与以前的文学有怎样的关连，与以后的文学有怎样的影响。我以为由其本身的认识，可以看出它与前代文学和当代文学相关连者有三点，影响于后代文学者有四点。现在简略的分述于下：

未失讽谕之义

诗三百篇中的诗篇，多少是言在此而意在彼的，讽谕当政者的，所以后人说诗有讽谕之义。就是比兴之体，也是为此而得名。刘勰《文心雕龙·比兴篇》云：

> 比者附也，兴者起也。附理者切类以指事，起情者依征以拟议；起情故兴体以立，附理故比例以生；此则畜愤以斥言，兴则环譬以记讽。盖随时之义不一，故诗人之志有二也。

由此看"比兴"二字本身，就含有讽谕之义。要是相信《诗序》所指定之作者（当然不足信），那些诗篇即完全是讽谕之作了。

后来《离骚》之产生，亦含有讽谕之义，刘勰《文心雕龙·辨骚篇》云：

> 讥桀纣之猖披，伤羿浇之颠陨，规讽之指也；虬龙以喻君子，云蜺以譬谗邪，比兴之义也；每一顾而掩涕，叹君门之九重，忠怨之辞也。

所以《离骚》自来称为轩翥诗人之后，它与诗三百篇有着同一之旨的。"楚国讽怨，则《离骚》为刺"是刘勰于《明诗》篇，又重言之的。

荀氏生长于北方，又曾到过楚国。所以诗三百篇与《离骚》等作品，他都亲受其影响的；又加以遭遇之不幸，所以诗骚中讽谕之义，仍然保存在《成相篇》《佹诗》之上，与后代纯然写物与言情者有别。

以四言为主

荀氏的《赋篇》与《佹诗》，统是以四言句为主的。《成相篇》虽为杂言组成，仍未脱四言之旧痕，所以荀氏可以称为一个四言诗的作者。原来诗三百篇以四言为主。到屈原时代，虽《离骚》《悲回风》等篇为杂言组成，而《天问》、《怀沙》、《橘颂》等篇仍为四言体，可知屈氏亦未全脱离四言的势力。晚生于屈氏三十年的荀氏当然要以四言为主了。

以隔句韵为主

荀氏的赋篇，每篇的前段都用的是隔句韵，《佹诗》除参差句外，亦皆为隔句韵，《佹诗》之后的赋诗，亦为隔句韵。可见荀氏是以隔句韵为主了（《成相篇》为句句韵）。

诗三百篇之韵例，是非常复杂的。其研究诗三百篇用韵的，已见于上。有首句、次句全用韵，以下则句句不用韵；有一起即隔句用韵，有自首至尾句句用韵；又有两句一换韵，三句一换韵，首尾换韵等。荀氏之隔句用韵例即是沿用诗三百篇的旧例了。三百篇之隔句韵，如《陈风》之《隰有苌楚》[1] 是。再屈氏之《离骚》等作，亦为隔句用韵。至于《成相篇》之句句韵，《小雅》之《车攻》即其前例。

此节应注意的，是三百篇韵例甚多，追屈、荀以后，渐以隔句韵为主了。而句句韵亦常为后人所沿用。

---

[1] 编者按：当属《桧风》。

以上三者是荀氏韵文与前代文学及当代文学所紧密关连者。

《成相篇》与汉代乐府诗

《成相篇》，卢文弨以为"审此篇音节，即后世弹词之祖"。今按其章句之组织，颇有类于汉之乐府诗。乐府诗是长短句自由配合，有句句韵，有不定句韵。如《铙歌》中之"战城南，死郭北，野死不葬乌可食"（《战城南》），"君马黄，臣马苍，二马同逐臣马良"（《君马黄》）等，都与《成相篇》之组织相同。又有《郊祀歌》之章法，亦似受着《成相篇》的影响，所以说汉乐府诗之组成，除受塞外歌曲之影响外，还受《成相篇》之影响。

四言诗首不入乐

乐为诗声，诗为乐心，诗乐原来是合而不分的。诗乐之分，有人疑在汉魏之间，实则荀氏之诗，似已脱离了乐之领域。诗三百篇皆经孔子自卫返鲁之后正以入乐。《楚词》之歌唱，南北朝时候还有一个和尚道骞会其唱法（见上）。惟是《佹诗》等似仅为言志之作，已不能入乐了。

开赋篇及说理赋之先

赋原来是诗之一体，上文业已提及。屈原虽有骚赋之作，但无赋的名号（《汉书·艺文志》虽称《屈原赋》二十五篇，然屈子原书，未有赋称），迨荀卿始以赋名篇。所以刘勰《文心雕龙·诠赋篇》云：

荀况《礼》《智》，宋玉《风》《钓》①，爰锡名
号，与诗画境。

《离骚》等是本诗意为骚，尚有古诗遗意；迨荀卿之《赋篇》，已与诗异趣，画境而独立。

《汉书·艺文志》把赋析为四类，以荀卿以下二十五家为一类。刘师培《论文杂记》，以为"分集"之赋有三类：写怀、聘词与阐理。阐理之赋，以荀卿为首。阐理之赋，即是分析事物，以形容其精微的。后代以物赋篇，如《洞箫》《江赋》《海赋》之类，全属于荀卿阐理赋的。

问答体之创始

荀氏赋篇之问答体，原由于隐语之性质而发，在文体中算是独创一种。屈原底《卜居》虽也是问答，但《卜居》是后人杂抄本传而成，观其开端称"屈原既放"，便可考知。宋玉的《答楚王问》也是问答体，不过宋玉是稍后于荀氏的。所以汉以后东方朔《答客难》、扬雄②《解嘲》、班固《答宾戏》等，都是由于赋篇而学来的体裁。

以上四点，为荀氏韵文影响于后代文坛的。

第十三节　小说雏形之产生

在诸子文中去探索文学史料，骤看起来，若有所附会，实际

---

① 编者按：底本作"荀况《礼》智，宋玉《风》钓"。
② 编者按：底本作"杨雄"，下同。

则并不勉强。先秦时代，文学、哲学、史学的观念尚未成立，文籍之产生，多半由于应用。诸子在当日都是思想家，他们为了阐发学说，宣传主义，于是自己写出或弟子录出不少的文章，就是现在的诸子文集。更因为使人信从他们的学说、主义起见，说理要力求显豁，要采用文学的表现法。神奇的传说、趣味的故事、美妙的譬喻，这种种的材料，都可以划归为文学史所有的。所以下边我们要说的，有寓言，有喻词，有神话。

寓言

"寓言"这两个字，在中国古书上考察起来，以庄子《寓言篇》的"寓言"为最初发现。"寓言"是寄寓之言，就是造出一件故事，寄托一种意义的。寓言在中国并不发达，不像西洋已经成为一种独立的体裁了。它和小说的分别很难，都是有结构的创造出一件故事来。故事的表现，都规定一个中心，小说的表现尚含蓄，寓言的本身就是含蓄，所以寓言尽可称为"小说"，小说多半可称为"寓言"。

拿《孟子·离娄篇》"齐人有一妻一妾"章来说，他的中心点是表现齐人之明则骄人，暗则乞怜。孟子原意是骂当日之求富贵者，虽然白日可以骄示于人，实则都是昏夜乞哀而求得的，没有不贻其妻妾之羞泣的。此篇结构之最高点，在"良人施施从外来，骄其妻妾"一句上。妻妾正以此为羞泣，齐人正以此而相骄。惟其如此，方能表现得有力。"未尝有显者来"，在全篇结构上亦很重要。没有这一句，全篇故事都引不起来。因为"未尝有显者来"，妻始欲"窥其良人之所之"，然后乃知其餍足之道。不论在取材上、描写上来讲，都可以称为一篇完整的小说。

再如庄子《徐无鬼》的"郢人斫垩"是表现士为知己者用的。内中"运斤成风"一句，写得是如何生动，而结局却在失望中。

又如《尹文子·大道上》的"黄氏二女"，表现一般人的向声背实，表现得如何有力！

又如《吕氏春秋·淫辞篇》上的"亡缁衣者"，表现利己者的心情，只知有我，不知有人，语意颇为幽默。

他如《吕氏春秋·去宥篇》上的"夺金于市"，《疑似篇》上的"杀子之父"，《韩非子·外储说》上的"祷福"等，都有极佳之情趣与结构的。

喻词

"喻词"就是譬喻之辞。古人谈话论道时候，往往拿事物或人事来作譬，以足成他要说的意义。这一类的喻词，在称为徐元太所撰之《喻林》一书上，辑收不少，可惜目下找不到此书，未能引用。喻词大别之可分为二类，事物的与人事的。如《论语》上的"朽木不可雕也"，《礼记》上的"玉不琢不成器"等，都是事物的，现在要注重是人事的。

关于人事的喻词，也是一种有目的的故事。它同寓言的分别，在于缺乏结构上。内容变化不多，仅达到某种形容目的而止。这类喻词，在小说上之重要性，是可以作为部分的意义与表现的。今为略举如下：

（1）刻舟求剑——见《吕氏春秋·察今》。

（2）毁新如故——见《韩非子·外储说》。

（3）守株待兔——见《韩非子·五蠹》。

（4）宋人酤酒——见《晏子春秋》卷三[1]。

（5）矛盾——见《韩非子·难势》。

（6）嗜臭——见《吕氏春秋·遇合》。

诸子文中，如此类者甚多。且时时出以幽默之笔，更足以增加文学的意味。

神话

一个民族的原始生活，往往产生出荒唐、怪诞、奇异的传说，这些传说，后人名之曰"神话"。因为当日人民智识浅薄，常惊异于自然的现象中。由彼此好奇心的连锁，渐渐孵化为神话传说。这些无目的的神话传说，即是中古时期神话小说直接的渊源。

现在考察最古最确实的神话传说，要属《商颂》的《玄鸟》，《大雅》的《生民》。或者当日神话也不少，所以《论语》上有"子不语怪力乱神"的记载。现在诸子文中还保存的有：

（1）鲲与鹏——《庄子·逍遥游》。

（2）列子——同上。

（3）神人——同上。

（4）云搏——《庄子·在宥》。

（5）穆天子会西王母——《列子·周穆王》。

（6）女娲补天——《列子·汤问》。

---

[1] 编者按：酤酒者为宋人之说，见于《韩非子·外储说》。

（7）夸父追日——《同上》。

如此片断的神话甚多。《楚辞》中亦有山神、水神以及其他自然之神。这些传说，都足以增长文学者丰富之想象的。后代制出的《神异经》《汉武故事》等，都显明的受着神仙传说之影响的。

以上"寓言""喻词""神话"三者，大部分都是从民间来的传说，小部分乃是诸子创造的。我的理由，是寓言、喻词中十之六七皆以愚人作主角，且愚人之中，以宋人为尤多。那就和现在民间传说的愚人故事，我们在说理讲道时候，常常引用一样。

把神话看作小说之渊源的，最早是一九二〇年日本青木正儿作过一篇文章。鲁迅一九二三年出版之《中国小说史略》亦袭用此说。可惜他们都未提到寓言与喻词。

本章参考书

（1）《荀卿的韵文》张长弓作（岭南大学《岭南学报》三卷二期）

（2）《中国上古小说之雏形》张长弓作（《文艺月报》一卷三期）

第六章　汉之辞赋

第十四节　汉赋产生之背景

骚赋与辞赋

"赋"这种东西，是由六义之一的赋体发展而来的。班固所谓"古诗之流"，刘勰所谓"六艺附庸，蔚成大国"，都是阐发这种意义的。由赋之历史来看，最初的时候可以称为"短赋时期"，是一种不韵的小诗。当时诗与音乐有密切的关系，这种短赋却不然。如《左传》郑庄公与武姜的赋辞，又士蔿的赋辞，都是不可以入乐的。稍后就是屈宋等的骚赋之作。骚赋本来是好色而不淫，怨诽而不乱的。《汉书·艺文志》上云：

春秋之后……大儒孙卿，及楚臣屈原，离谗忧国，

皆作赋以风，咸有恻隐古时之意。

这是说骚赋承前的关系，理论的正确与否（可参阅第四章）暂且不管，我们要说的是它的启后。刘勰《文心雕龙·诠赋》云：

赋也者，受命于诗人，拓宇于楚辞。

又陈绎会《诗谱》云：

屈平后出，本诗意为骚，盖兼六义而赋之意居多。

这都可以见到辞赋之前身是骚赋的。赋到辞赋，是黄金的时代，作家风飙云起，摹写声貌，竞为侈丽，骚赋时代的讽谕之义，已完全失没了。所以说：

诗人之赋丽以则，辞人之赋丽以淫。

君主的崇尚

历史上的公例，上有好者，下必有甚焉者。君主如崇尚某一种文艺，某种文艺必然会发达的。汉代辞赋的发达，就是这种原因。

武帝是爱好辞赋的，常读司马相如《子虚赋》，恨不与同时。又曾以安车蒲轮征枚乘，束帛加璧征鲁申公，召朱买臣，说《春秋》，言《楚辞》。他自己也有《自造赋》二篇，见录于《汉志》。

又考吴均《西京杂记》云：

梁孝王游于亡忧之馆，集诸游士，各使为赋。路乔如为《鹤赋》……邹阳为《酒赋》……公孙乘为《月赋》，羊胜为《屏风赋》，韩安国作《几赋》不成，邹阳代作。（赋见《古文苑》中）

像这一种侯王提倡，诸文士从游的风气，真是郁郁乎文哉的时代。

此外，淮南王也是爱文好客的。《汉书·艺文志》录淮南王群臣赋有四十四篇之多。《楚辞》中还保存淮南王一篇《招隐士》呢。

由此可知汉代辞赋之盛，君王提倡，实是一个重大的原因。

辞赋与小学

在汉代小学之研究，几乎是一种风气。辞赋之家，往往也通小学，如司马相如《凡将篇》，扬雄《训纂篇》，都是关于文字学的著述。他们在认识奇字之余又多作为辞赋。刘勰《文心雕龙·练字》曰：

> ……扬雄以奇字纂训，并贯练雅颂，总阅音义，鸿笔之徒，莫不洞晓。且多赋京苑，假借形声。

就是说着这种道理。本来我国文字，衍形的与图画差不多少，构造出来的形式，特别美观。赋者铺也，铺陈扬厉也。所以在辞赋宏丽之作，即利用此美丽的字形以组成之。司马相如《上林赋》，凡是叙山的，皆冠以山字；叙鱼鸟者，皆含以鱼鸟之偏旁，看起来如同画图一般。所以说汉代辞赋之兴盛与小学也有重要之关系的。

第十五节　汉赋之内容与影响

两大流派

《汉书·艺文志》上，把赋析为四类：

（1）屈原以下二十家为一类。

（2）陆贾以下二十一家为一类。

（3）客主赋以下十二家为一类。

（4）荀卿以下二十五家为一类。

　　刘师培以为这种分法不很具体，又提出三种分法：

　　（1）写怀之赋——这是所谓言深思远，以达一己之中情的。

　　（2）骋辞之赋——这是所谓纵笔所如，以才藻擅长的。

　　（3）阐理之赋——这是所谓分析事物，以形容其精微的。

　　这是总论赋篇来分类的，汉代的辞赋，可以归之于哪一类呢？我以为可以作为两种看：

　　（一）写怀类

　　这一类是宗屈宋的，以立意为宗，不以能文为本。如贾谊底《吊屈原赋》，表露出愤怨之怀，《鵩鸟赋》充满了失望之情。

　　淮南王宾客小山所作之《招隐士》，亦为感伤屈原而作。又如司马相如的《大人赋》与称为屈原之《卜居》相类，枚乘的《七发》与《招魂》又极似。他如东方朔的《七谏》、刘向的《九叹》、扬雄的《反离骚》、班固的《幽通》、张衡的《思玄》、王逸的《九思》等，都是有意宣达情怀的。

　　（二）骋辞类

　　骋辞的赋作，是以夸大为主，铺张为事的。这一类与纵横家之习气相同。如司马相如的《上林赋》、扬雄的《羽猎赋》等，都是侈丽铺张以辞见售，又如班固的《两都赋》、张衡的《二京赋》《南都赋》等，与张、苏纵横六国时，侈陈形势之意略似。我们举《南都赋》作一个例子，它里面有列举山、水、竹、川、渎、虫、鸟等的一段，你看了后，如进到植物园与动物园中一样了，他的排列法是这样——

　　其山，则下边约有二十个用山配成的字。

　　其木，则下边约有二十余用木配成的字。

其鸟，则下边约有二十余用鸟配成的字。

像这一类的情形，哪里是作品，简直可以当作字典用，所以有人讥汉赋为字书呢。

骈文与汉赋

骈字是驾两马，是比并的意思。骈文是唐以后才有的名称，因唐代认各种散体为古文，所以晋宋以来，整行体的文字统名之曰"骈文"。骈文本来是南北朝盛行的文体，但其酝酿却在汉魏之间。因为汉赋的内容是——

> 合纂组以成文，列锦绣而为质，一经一纬，一宫一
> 商，此赋之迹也。（见吴均《西京杂记》）

这种一经一纬，一宫一商，皆是偏于形式之整饬的。魏晋以后的骈俪文辞，当然酝酿于这个时期。故刘勰《文心雕龙·丽辞篇》云：

> 诗人偶笔，大夫联辞，奇偶适变，不劳经营。自扬
> 马张蔡，崇盛丽辞，如宋画吴冶，刻形镂法，丽句与深
> 采并流，偶意共逸韵俱发。

又孙梅《四六丛话后序》云：

> 自夫贾生枚叔并辔汉初，相如子云联镳[1]西蜀；中
> 兴以后，文雅尤多，孟坚季长之伦，平子敬通之辈，总
> 两京文赋诸家，莫不洞穴经史，钻研六书，耀采腾文，
> 骈音俪字。

这些都是理论，假如我们翻出司马相如的《喻巴蜀檄》、扬雄的

---

① 编者按：底本作"骦"。

《解嘲》以及班固、冯衍之作品，都足以证明的。

本章参考书

（1）《文选·赋篇》（南朝梁）昭明太子撰（乾隆年重刊汲古阁本）

（2）《论文杂记》刘师培著（朴社校印本）

（3）《赋在中国文学史上的位置》郭绍虞作（《中国文学研究》上）

（4）《中国文艺变迁论》十六、十七、十八、十九四章张世禄著（商务本）

（5）《文心雕龙》《诠赋》《练字》等篇（南朝梁）刘勰著（道光年广州署刻本）

第七章　汉之乐府诗

第十六节　乐府诗之产生及其时代

论者辄谓骚些一变而为乐府诗。余以为乐府诗多由三百篇中来。元李孝先云："《郊祀》若颂，《饶歌》《鼓吹》若雅，《琴曲》杂诗若《国风》。"（胡应麟《诗薮》卷一引）如《郊祀歌》中多用实字，所谓愈实愈典，与颂语的多典实完全相同。

若谓乐府诗长短句体出自《离骚》，实亦不然，盖三百篇四言诗虽为正体，而杂言（长短句）的体式亦不在少数。《周南》的《螽斯》，《召南》的《行露》，《鄘风》的《桑中》，所在多有。所以乐府诗的杂言，绝不是简单的原于楚骚。而受影响最大的，恐还是塞外歌曲的输入。（日本铃木虎雄有《汉武帝乐府与塞外歌曲》一文）

汉初的酝酿

至于乐府诗产生时代亦可分为三个时期来看。

汉初，秦之乐官制氏，定所有汉初之礼乐。不久，叔孙通等亦被召出，制氏司雅乐，叔孙通制宗庙之乐。高祖时代之舞乐，

大抵因秦之旧制。唐山夫人又作《房中祠乐》十七章。不过乐府
的名称，全然没有，《汉书·高祖本纪》云：

> 高祖还过沛，留置酒沛宫，悉召故人父老子弟纵
> 酒，发沛中儿得百二十人，教之歌，酒酣，高祖自击
> 筑，自为歌。歌曰：大风起兮云飞扬，威加海内兮归故
> 乡。安得猛士兮守四方？令儿皆和习之。高祖乃起舞，
> 慷慨伤怀，泣数行下。……孝惠五年，思高祖，在沛祭
> 于高祖之庙。高祖所教儿百二十人皆令为吹乐，后有
> 缺，辄补之。

这可以说是乐府诗之最初篇什。

乐府之名，始于惠帝二年，使夏侯官为乐府令。其制度未
详，大概是保管《房中祠乐》《昭容乐》《礼容乐》《宗庙乐》
一类的东西。

这个时代的乐歌，大半是贵族的乐歌，在文学史上的价值，
不过是一些点缀品罢了。

武帝的采辑

武帝时，汉兴七十余年，国势富强，家给人足（见《史
记·平准书》），以武力开拓四方。张骞建方三年使西域，元鼎
二年与西域三十六国交通。武帝后欲夸示其功业，于是始立后土
之祠于汾阴之睢上。

在周代原有太乙之祭。明堂之配祭，亦始于周代。楚之祭神
由于《楚辞》之《九歌》可以看出。秦始皇之封泰山等，皆足以
看出汉以前祭礼之典迹，入汉以后，继其制。故迄武帝时，遂有
乐府之设立。《汉书·礼乐志》云：

　　　至武帝定郊祀之礼，祀太乙于甘泉，就乾位也。祭

　　后土于汾阴泽中方丘也，乃立乐府。

又云：

　　　采诗夜诵，有赵、代、秦、楚之讴，以李延年为协

　　律都尉。多举司马相如等数十人造为诗赋，略论律吕，

　　以合八音之调。

乐府于是成立了。大规模的收辑赵、代、秦、楚之讴，收辑的方法虽不得知，要之和周代辑成的三百篇，颇有相似之点。乐府诗重要的也就在这当代民歌的收辑。据《汉书·艺文志》所载有：

楚汝南歌诗十五篇。

燕、代讴，雁门、云中、陇西歌诗九篇。

邯郸、河间歌诗四篇。

齐、郑歌诗四篇。

淮南歌诗四篇。

武帝之后

　　这乐府继续了百年左右。到哀帝时候，诏罢乐官，其不可罢者，则别属他官。然见存乐府诗，哀帝以后之作品，实不在少数。光武时之《云翘舞》《育命舞》，明帝时东王、宪王之《大武舞》，章帝元和三年，又制有《燕射歌》皆是。

　　东汉以后，乐府之官恢复与否，不见史籍，然以明帝"诏改大乐官曰大予乐"测之，则乐府并没有中绝。见存的"相和"及"清商"中，大都是东汉的作品。武帝收集虽多，然皆因年久而失传。故东汉各帝保存民歌的功劳，我们是不该湮没的。

第十七节　乐府诗之内容概说

前人给乐府诗的分类，大半用郭茂倩底《乐府诗集》上的分法。据郭氏的分法，汉代有：（1）郊庙歌辞；（2）鼓吹曲辞；（3）横吹曲；（4）相和歌辞；（5）舞曲歌辞；（6）集曲歌辞等六类。近年出版的《中国诗史》根据梁任公先生的意见，重新整理为八类：

（1）郊庙歌　（2）燕射歌　（3）舞曲　　（4）鼓吹曲

（5）横吹曲　（6）相和曲　（7）清商曲　（8）杂曲

这里应注意的是"清商曲"脱离了"相和歌"而独立的一个问题。

清商的独立

原来《唐书·乐志》曰：

> 平调、清调、瑟调，皆周《房中曲》。汉世谓之"三调"。又有楚调、侧调。楚调者，汉房中乐也。高帝乐楚声，故房中乐皆楚声也。侧调生于楚调，与前之三调，总谓之"相和"。

以此看来，"清调"实包含在"相和"之中。《诗史》引梁氏未发表之文稿曰：

> 樵有大错误者一点，在把"清商"与"相和"混为一谈。故于相和歌三十曲以外，复列相和平调、清调、瑟调、楚调四种；而清商则仅列七曲，附三十三曲，皆

南朝新歌。一若汉魏只有"相和"别无"清商"者。殊不知惟"清商"为有清、平、瑟三调，而"相和"则未闻有之。凡樵据王僧虔《伎录》所录五十一曲，皆"清商"也。《宋书·乐志》云：相和，汉旧曲也。丝竹更相和，执节者歌。本十七曲。朱生、宋识、列和等合之为十三曲。此十三曲，《宋志》全录。……至于"清商"，则杜佑《通典》云："'清商'三调，并汉氏以来旧曲。歌章古调与魏三祖所作者，皆备于史籍。"佑所谓史籍，即指《宋志》也。《宋志》录完"相和"十三曲之后，另一行云："'清商'三调歌诗，荀勖撰旧词施用者。"此下即分列平调六曲、清调六曲、瑟调八曲，则此三调皆属于"清商"甚明。……而郑樵读《宋志》时，似将"清商三调荀勖撰"一行滑眼漏掉，漫然把《宋志》卷二十一所录诸歌，全部归入"相和"，造出"相和平调"等名目。于是本来仅有十三曲的"相和"，无端增出几十曲来；本来有几十曲的"清商"，除吴声七曲外，汉魏歌辞一首都没有！樵亦自知不可通，于是复曲为之说，谓"汉所谓'清商'者，但尚其音耳，晋宋间始尚辞；观吴兢所纂七曲，皆晋宋间曲也。"殊不知"清商"三调，本惟其音，不惟其辞。……郑樵说汉但尚音，实则晋宋何尝不是尚音？他说晋宋尚辞，实则晋宋间辞倒逐渐散亡了。……大抵替"清商"割地，始自吴兢，而郑樵、郭茂倩沿其误。今据王僧虔、沈约所记载，复还其旧，又《宋志》于三调之外，复有所谓"大曲"及"楚调"；其性质如何，虽难确考，既王僧虔以类相次，则宜并属"清商"。

这实则把"清商调"取出来脱离了"相和"。所谓"平调""清调""瑟调""楚调"及"大曲"皆归于"清商"了。

这样的把"清商"提出来与"相和"并列，似明代胡应麟已有这样的意思。《诗薮》卷一云：

"今欲拟乐府，当先辨其时代，核其体裁，'郊祀'不可为'铙歌'，'铙歌'不可为'相和'，"相和'不可为'清商'。……"胡氏把"相和"与"清商"相比，自然是认为两个题目了。可惜胡氏未加解释。

内容释略

"郊庙歌"和《周颂》相同，是拿来祭祀用的。祭祀祖先的曰"庙"，祭祀祖先以外诸神的叫"郊"。如《房中祠乐》，便是高祖时代祭祖先歌之一种。武帝时司马相如等所作之十九章，即是为祭祖先以外诸神的《郊祀歌》。

《燕射歌辞》是全亡了。据《乐府诗集》有亲四方之宾的《燕享乐》，有亲故旧朋友的《大射乐》，有亲宗族兄弟的《食举乐》，共分三类。惟《食举乐》之篇目，尚可考见。

舞曲所存歌辞亦少，要皆为贵族乐府，于文学史上并无特殊之价值的。

"鼓吹""横吹"，都是塞外的歌调。《铙歌》十八曲即"鼓吹曲"之篇章。后来把鼓吹分为两种，有箫笳的为鼓吹，于朝会道路用之；有鼓角的为横吹，于军中马上用之（见《晋书·乐志》）。惟歌辞无存。

"相和歌""清商曲",是汉代乐府的基本部份。假如乐府诗中没有了"相和"与"清商",那算是减色完了。"相和"是丝竹更相和,执节者歌(《宋志》)。"清商"呢,自然其调是以商为主的(《魏志》)。文帝《燕歌行》所谓"援琴鸣弦发清商,短歌微吟不能长"是也。"杂曲"是以上七种未提及的篇目,如马援《武溪行》、辛延年《羽林郎》等是。

清商相和歌辞

以上八类中之"清商""相和"歌辞,是最要的两类。说了它,其余的便可省略了。它的内容可以说有:

1.社会的——如《上留田》是表示贫富不均之社会的。《东门行》是表现穷困人之生活的。

2.战乱的——如《从军行》《饮马长城窟》等是中国最有名的非战文学。

3.情爱的——如《陌上桑》《白头吟》《艳歌行》之类。

4.道德的——如《猛虎行》《君子行》之类。

此外表现颓废的思想与描写历史的事实,也是很多的。总之,可以说内容是多方面的,是充实的。而句法之自由,语调之自然,都不失民间文学的特色。

再者,按表现的性质来说,内中很多叙事诗,如《孤儿行》《陌上桑》等,对于后代影响亦甚大。《悲愤诗》《秦女休行》以及《为焦仲卿妻作》《木兰诗》等叙事诗都受其影响的。

本章参考书

（1）《乐府诗集》（宋）郭茂倩撰（《四部丛刊》本）

（2）《汉书·礼乐志》（汉）班固著（开明《二十五史》本）

（3）《中国诗史》陆侃如著（开明本）

（4）《中古文学概论》徐嘉瑞著（亚东本）

（5）《诗薮》（明）胡应麟著（开明本）

（6）《古诗论述》张长弓作（未刊）

（7）《乐府文学史》罗根泽著（文化本）

第八章 东汉魏晋间之诗作

第十八节 五言诗之兴起

散见于西汉

关于五言诗兴起这一个问题，中日人士很有一些来讨论，用各种方法去证明五言诗的兴起不在西汉，而在于东汉以后。前人也曾有把五言诗的踪迹拉在先秦去，甚至于远溯于《南风》之诗与《五子之歌》。我以为这都是一些傅会，或者是偶而出一两个五言诗句，或者是类似五言句子，把它们硬推为五言诗的先祖，都不免失于勉强。现在我们应该由西汉去寻初步的五言诗。

初步的五言诗，当然不会那样纯粹，不过已具了五言诗的雏形罢了。譬如汉初戚夫人的《春歌》（《汉书·吕后传》），除掉前两句是"子为主，母为虏"为三言外，其余的四句全为五言。稍后一点的《李延年歌》（《汉书·李夫人传》），全篇为六句，前四句及末一句皆为五言，惟第五句是"宁不知倾城与倾国"作八言。这统可以看到汉武帝以前之诗句，尚未臻于完整的五言。到武帝以后，才渐渐进而为整齐。譬如《黄爵谣》（《汉书·五行志》），就是一篇完整的六句五言诗。又有一首《尹赏歌》（《汉书·尹赏传》），简直进而为四句五言诗了。五言诗于是乎成立。

东汉的创作

至于乐府辞中，也可以发现五言诗，我以为那是后期的东西。五言诗在民歌中既然发现了，久而久之自然要影响于一般作家。作家来尝试这种体裁的，以应亨的《赠四王冠诗》为最早。《古诗所》于诗题注云："永平四年，外弟王景系兄弟并冠，故贻之。"由此可考知应氏是明帝时候的人。其诗为五言八句。

次一点是班固歌咏孝女缇萦的事的那一篇五言十六句的诗，名曰《咏史诗》。

应氏与班氏的五言诗，都是词质古朴，不失东汉那种浑厚之气。

与班氏同时的傅毅，他是一个词人，据其本传言，他关于诗赋一类的著作凡二十篇，现在《文选》中还存着《舞赋》一篇，此外《古诗十九首》中《冉冉孤生竹》一篇，刘勰《文心雕龙》亦指为傅氏的作品。这一篇的音调词藻都比《咏史诗》进步，大概词笔与史笔不同之故吧。

此外张衡底《同声歌》、蔡邕底《翠鸟诗》、秦嘉底《赠妇诗》，都为五言诗的创作，可见五言诗是兴起了。

魏代的兴盛

魏代在文学上是一个了不得的时期，五言诗在这时候已臻于完全发展的时期。所以王定安增辑之《三十家诗钞》，以子建为始。当日文学所以发达的原因，自不外君主侯王的提倡，汉灵帝爱好俳词于前，魏武帝父子提倡文风于后，臣下之士哪能不望风而驰？钟嵘《诗品序》云：

> 降及建安，曹公父子，笃好斯文；平原兄弟，郁为文栋；刘桢、王粲为其羽翼；次有攀龙附凤，自致于属车者，盖将百计。彬彬之盛，大备于时矣。

由此可以看出文风之盛，并不是无因，完全由于在上者提倡之所致的。

《咏怀》的作者

当日有所谓建安七子的，据曹丕底《典论》，七子中有孔融无曹植；陈寿的《三国志》则以为有曹植无孔融。在文坛上的位置说，应以《三国志》为是。现在我们先就曹植来说一说。

（1）曹植

曹植是生在文学空气浓厚的家庭里，他的父亲老曹，往往于战争之暇，横槊赋诗，作风悲壮刚劲。乃兄幼小时候即伴着一班文人讨论咏写，所以亦能作出风调闲雅的篇什。因之植在十余岁时候，便可以下笔成章。再加诸当代文人的羽翼其侧，他很容易成一个著作者，那是理想中事。

在政治方面，曹植可以说是一个不得志者。他本想"建永世之业，流金石之功"的，不幸乃兄不肯重用，怀才莫试，以致郁郁而死。这样遭遇困厄的人，正适宜于文学方面的发展。他见白鹤，见鹦鹉，都要发出一种哀咏，那是自然的情怀之所致的。此外如自伤的《三良诗》，忧谗畏讥的《矫志诗》，负才不用的《薤露行》，陈古讽今的《怨歌行》，积诚悟主的《精微篇》等，都是所谓为而咏怀的。

五言诗第一个大作者，要属于曹植。前人批评他的很多，如《诗品》的批评是："骨气奇高，词采华茂，情兼雅怨，体被文质。粲溢今古，卓尔不群。"又刘勰《文心雕龙·才略篇》云：

> 子建思捷而才俊，诗丽而表逸。

又王通《文中子·事君篇》云：

> 君子哉，思王也。其文深以典。

总之曹植的诗，思深旨远，言短意长的，因为他是咏怀，所以用笔多含蓄委婉，非一般叙事之作所可比的。他也很注意词藻，在《前录序》上有"君子之作也，质素也若秋蓬，摛藻也若春葩"的句子，"春葩"二字便是他修辞的标准了。他又工于发端，如"惊风飘白日""明月照高楼""高台多悲风"等，都是一起高唱入云，如野马行空一般。原来他的天才过人，笔调豪放，谢灵运称他才占八斗，也不是过于恭维的话。

（2）阮籍

稍后于曹植的大诗人，那便是阮籍了。阮氏生的时代不良，正当司马氏要篡夺天下的时候。他本与魏有宗亲，眼看着国事日非，而无可奈何，自然要牢骚满腹，寄之于诗篇了。有《咏怀诗》八十三首，为千古捉摸不住之大作品。钟嵘《诗品》评云：

> 言在耳目之内，情在八荒之外。……厥旨渊放，归
> 趣难求。

又沈德潜《说诗晬语》云：

> 阮公《咏怀》，反复零乱，兴寄无端。读者莫求归

趣，遭阮公之时，自有阮公之诗也。

因为他的志在刺讥，所以文多隐蔽，后人多不明其本意的。

他在诗园中的贡献，是开拓了取材的范围。他本来是老庄的信徒，所以神仙传说的材料，开始为诗人采用了。

除以上二人外，曹操、嵇康之四言诗，王粲、刘桢的五言诗等，都有足以称说的，在这里要从略了。

第十九节　《古诗十九首》之时代与作品

《古诗十九首》在汉魏间是一部重要的作品。近年来很有些学者来讨论他身世的问题，本来千余年来对于它的作者，总是一种悬案。现在无疑意的把它认作汉魏之间失去作者姓名的作品。

十九首的时代

昭明太子《文选》上最初揭载出古诗十九首来，他的意思是指派为汉诗的。迨稍后的《玉台新咏》，把十九首诗中"青青河畔草"以下八首，题了枚乘的名字，又给枚乘题了一篇《杂诗》"兰若生春阳"。"驱车上东门"一首题作"乐府杂曲"，"冉冉孤生竹"以下四首作为古诗。自此以后，纠纷大起。刘勰以为"古诗佳丽或称枚叔，其《孤竹》一篇，则傅毅之词。"刘勰在《玉台新咏》编者徐陵之前，他仅说"或称"，这是疑而未定之辞。所以到唐代李善注《文选》时，仍然说："五言，并云古诗，盖不知作者，或云枚乘，疑不能明也。诗云'驱车上东门'，又云'游戏宛与洛'，此则辞兼东都，非尽是乘明矣。"

李氏之称或云，当系指徐陵而言，他怀疑那些著录为枚乘的作品。自此以后，关于这个问题屡有讨论，我们也不必多说了。

失名作者臆测

古诗十九首我们认为是失名的作者，《玉台新咏》中的古诗八首（内四首相重）以及所谓苏李之诗者，可以放在失名的作者之中，大概在梁陈间，这种失去作者姓名的古诗，有四十余首之多。原来的数目，当更多。我们看一看选集就可以知道。

1. 谢灵运《诗集》五十卷，张敷、袁叔之补谢灵运《诗集》百卷。又《诗集钞》十卷，《诗英》九卷。

2. 张永之《乐府歌诗》十二卷。

3. 失名《古诗集》九卷。

4. 苟绰《古今五言诗美文》五卷。（以上见《隋书·经籍志》）

由此看来，当日的诗集是这样多，而散失的古诗，可以想见其多了。这些作者都是谁呢？钟嵘《诗品》曰：

古诗，其体源出于《国风》，陆机所拟十四首……
其外《去者日以疏》四十五首……旧疑是建安中曹王所制……

在当日古诗还有四十五首之多是可以见到的。他怀疑是曹植与王粲所作。

王世贞《艺苑卮言》云：

钟嵘言：《行行重行行》十四首……后并《去者日以疏》五言，为十九首……意者中间杂有枚生或张衡、

69

蔡邕未可知。

王氏说杂有枚生，显系受《玉台新咏》的暗示。我以为这些古诗，都是汉魏之间人的作品，不过名字不传罢了。拿王逸来说，他的诗一篇也不传，而《后汉书·文苑传》称："王逸作汉诗百二十三篇。"所谓汉诗是用于乐府而言。由此看，焉知失名的古诗，没有王逸之作品呢。

十九首的内容

古诗十九首之内容，是表现多方面的。可大别之为五：

（1）表现社会的——《回车驾言迈》《东城高且长》等。

（2）表现离别的——《行行重行行》《客从远方来》等。

（3）表现爱情的——《涉江采芙蓉》《迢迢牵牛星》等。

（4）表现享乐的——《今日良晏会》《生年不满百》等。

（5）表现人情的——《明月皎夜光》等。

内边描写社会离乱之况、男女相思之情，以及用笔之巧妙，都为后人所称述不置的。后代常常以人传诗，这些作品才真是以诗传人呢。可惜人已不传，只好说以诗传了。

第二十节　魏晋的颓废派诗

产生的背景

东汉自中平（公元 184 年）变乱以后，社会顿成不安的现象。数十万黄巾，八州同起，人民死于枪头马下的不知有多少。

后来董卓跋扈，关内义师起而申讨。继而又群雄相争，战祸连年，闹得人民死亡殆尽；幸而未死的，也是无衣无食，连自己亲生的子女也不能养活。这时候的经济状态，完全陷于崩溃了。在史书上这样的记载，是很多的。（可参阅《魏志·杜恕传》）

及曹操当权，他是主张在大乱之后齐之以刑的。在勒令中三反五复的申述严刑之意义。严刑本来是治国平天下的一种政略，不过曹操是奸诈猜忌之徒，在严刑之下，用作为削除异己的口实。多少才学之士，无故死在老曹之手中了（可参阅《魏志·崔琰传》）。迄晋代魏之后，君主荒淫愚昧，奸臣弄权，贤人失志。君子之流，多屏除于朝堂之外，内心之愤懑，可以想见。

当时社会生活，既使人民苦闷，而君主又复不接近良士，所以老庄思想乘时而起，一般人民既风靡了老庄思想，其思想反映于文学中，自为不可免的事实。分析起来，可以有下列几点：

享乐

魏晋间的人生观，都是一种悲观的。常常感到人生几何，处一世不过如风吹尘朝露晞一般。在这短的时间内，又感到失望苦闷的心理，所以容易陷于享乐之途。曹植底《善哉行》"欢日尚少，戚日苦多！以何忘忧，弹筝酒歌"，十足的表现出这种思想。晋代拿陆机来说，他的《短歌行》《驾言出北阙行》《董逃行》，《拟今日良宴会》等，都可以看出及时行乐的思想。此外傅玄《放歌行》、潘岳《哀诗》都是这一类的歌调。又晋代杂曲歌辞中有一首《饮酒乐》，可以说是享乐派的代表。

隐遁

大家感到人生的苦闷，于是悲观厌世的思想产生。有些人厌世了，不问世事，自己生活自己的，消极的走到享乐方面。还有的是觉得人生的卑污与龌龊，简直不可与同居，自己要不同人间有往来，阮瑀底《隐士》，张华底《赠挚仲洽》以及左思底《咏史》《招隐》，都是洁身自处，不愿与世人同流合污，而愿隐遁在山林中过其逍遥自然的生活。这是一派的诗作。

仙乡憧憬

自隐遁的思想出发，再进一步，便是超世的仙乡憧憬的思想了。这种思想，自然脱离不去长生不老术的气分。《楚辞·远游》上的"悲世俗之迫厄兮，愿轻举而远游，质菲薄而无因兮，焉托乘而上浮"以及"与赤松结友兮，比王乔而为偶"等皆可认为远源。后来秦博士为《仙真人诗》，曹植亦有《仙人篇》《飞龙篇》《五游咏》之作。至于阮籍之《咏怀》二十四、二十八、三十八、五十八、八十一等篇，嵇康之四言诗等，都是理想着与仙人携手俱游，乘风而来，驾云而去。下及何劭、张华、张协、陆机等，都是这种思想的诗作。这一派作品，有一个特点，是想象丰富。如陆机底《前缓声歌》，是想象出昆仑山下的层城，一个幽静的处所，在那里有仙女的聚会，古代的乐声，陶醉了所有的到会者。闭会后，群仙纷纷乘霞而去。写得是如何的快乐。

哲理化

老庄思想之盛行给与诗坛最不良的影响，是诗作之哲理化。前人评论者甚多，刘勰《文心雕龙·明诗篇》云：

> 正始明道，诗杂仙心。何晏之徒，率多浮浅。……江左篇制，溺乎玄风。嗤笑徇务之志，崇盛亡机之谈 [1]。

又钟嵘《诗品序》亦云：

> 永嘉时，贵黄老，稍尚虚谈。于时篇什，理过其辞，淡乎寡味。爰及江左，微波尚传，孙绰、许询、桓、庾诸公，诗皆平典似《道德论》，建安风力尽矣。

因为这派哲理诗，平典似《道德论》，所以后世多不存其诗，仅于《文馆词林》残存孙绰诗四首，尚可见其诗之一斑。真如传道文一样，无怪乎后人不珍视而至于丧失得快要绝篇了。

晋代可以说没有伟大的诗人产生。所谓三张、二陆、两潘、一左，除潘岳与左思较为重要外，其他皆卑卑不足道。他俩是一个深于情，一个壮于志，同时都是有天才的人。故能下笔淋漓，雄健悲壮。他如张华、刘琨、郭璞等人，虽亦有可取的作品，然对于后代诗坛都是无足轻重的人物。

第二十一节　诗坛上之摹拟风尚

摹拟之作，本为文人的一种好奇心，久而久之，大家就视为

---

① 编者按：底本作"崇尚无机之谈"。

当然。本无话可说，而学人说话；本无文可写，而效人写文，文人之无聊，未有过于此者。此风起于两汉，继于魏晋。今略为检讨于下：

赋作之摹仿

扬雄是一个摹古大家，仅就赋作而言，他是摹仿司马相如的。他并不以摹仿为丑事，其《自叙》有云：

> 顾尝好辞赋，先时蜀有司马相如作赋，宏丽温雅，雄心壮之。每作赋常拟之以为式。

所以我们考察扬雄之作，《甘泉赋》是摹写《大人赋》而成，《羽猎赋》是摹写《上林赋》而成，《长杨赋》是摹写《难蜀父老》而成的。再如张衡又何尝不然。《后汉书》本传云：

> 乃拟班固《两都》作《二京赋》，因以讽谏，精思傅会，十年乃成。

又，张氏之《思玄赋》亦为摹写班氏之《幽通赋》而成。而《幽通》何尝是创作的呢？乃摹写曹大家之《东征》而成。

自从枚乘作《七发》，以下作七体者至左思竟有十七人之多。大家比赛着摹仿，结果也不过如《容斋随笔》所谓"令人读未终篇，往往弃之几格"。

东方朔因为不见用于君王，作了一篇《答客难》，于是扬雄作《解嘲》，班固作《答宾戏》，崔骃作《答旨》，张衡作《应闲》，都是章模句写，了无新意。扬雄作了《连珠》，后来便连珠一般的出来。摹拟之风，日盛一日。

乐府诗之摹仿

到魏代以后，摹拟之风已吹到诗坛上了。开始者是魏武帝，他当日模仿古乐府而咏写当日的事实，如他的《蒿里行》《薤露行》之类都是（在另一眼光看，可以说是乐府诗之转变）。文帝有《拟上留田》《拟善哉行》等作（此为用"拟"字之始）。他如陈思底《呼嗟篇》是拟《苦寒行》而来，《鰕䱉篇》是拟《长歌行》而来，《当来日大难》是拟《善哉行》而来。似此类是很多的。

不过这里有一点要声明，以上的摹仿是摹拟其意，迨晋以后的摹仿，不惟摹拟其意，并且摹写其句了。张衡有《四愁诗》，据序云：是天下渐弊，郁郁不得志而作。傅玄底《拟四愁诗》说是"聊拟"而作。到张载之《拟四愁诗》，可以说"每况愈下"，都是字仿句摹，意味索然。陆机拟古诗共存十二首，《贞一斋诗话》尚病其呆板，然较张氏之《拟四愁》尚为高明，《东泉诗话》讥之为规模字句，画虎不成反类狗也。总之，摹拟非诗人之正务也。

摹拟的影响

摹拟之风，对于后代的影响极大。元嘉年间，小家如荀昶、许瑶、鲍令晖、谢惠连等，都有不少的拟作，大家如刘休玄、谢灵运、鲍照等所拟不下一百余首。下迨梁陈间，江文通以拟古三十首而著名。诗坛上似认这种摹拟之体为由来的一种正宗，这是极大的错误。

本章参考书

（1）《全汉三国晋南北朝诗》丁福保编（医学书局本）

（2）《文选》（南朝梁）昭明太子撰（重刊汲古阁本）

（3）《玉台新咏》（南朝）徐陵撰（吴光宜原注、程际盛删补本）

（4）《古诗论述》第四章张长弓著（未刊）

（5）《古诗十九首考》徐中舒作（《立达》第一期）

（6）《中国文学流变史》第三章郑宾于著（北新本）

（7）《汉诗研究》古层冰著（中华本）

（8）《对于五言诗发生时期之疑问》铃木虎雄作（《支那文学研究》）

（9）《魏晋时代——老庄思想与当代诗坛》张长弓作（《大河杂志》一辑三册）

第九章　两汉魏晋之小说

第二十二节　两汉之小说

先秦虽然已有了小说的雏形，但因为后代不加以重视，所以从未有充分发展的机会。考"小说"二字的发现，始于《庄子·外物篇》之所谓：

> 饰小说以干县令，其于大达亦远矣。

又荀子亦有："故知者论道而已矣，小家珍说之所愿皆衰矣"之说。他们虽没说明什么是小说，大概是指的琐碎之言，非道术之所在的。观念之轻视小说，亦可以窥知。

"小说"的解释，《汉书·艺文志》上有云：

> 小说家者流，盖出于稗官，街谈巷语，道听途说者之所造也。孔子曰："虽小道，必有可观者焉。致远恐泥，是以君子弗为也。"然亦弗灭也。闾里小智者之所及，亦使缀而不忘，如或一言可采，此亦刍荛狂夫之议也。

如这一段话可信，我们很可以知道在先秦有一种小官，他的职务是周游民间，采取民间发生的事情，报告给政府。所以班固叙时，也以小说家列为十家之一。这些作品到后世还有没有呢？《汉志》虽有著目，当然多是伪托的了。

《汉志》小说目

在《汉书·艺文志》上所列举的小说有十五家，共一千三百八十五篇之多。其中可作三类看：

A. 依托古人的：

《伊尹说》二十七篇

《鬻子说》十九篇

《师旷》六篇

《务成子》十一篇

《宋子》十八篇

《天乙》三篇

《黄帝说》四十篇

B. 记古事的：

《周考》七十六篇

《青史子》五十七篇

C. 明著汉人作的：

《封禅方说》十八篇（武帝时）

《待诏臣饶心术》二十五篇（武帝时）

《臣寿周记》七篇（项国圉人，宣帝时）

《虞初周说》九百四十三篇（河南人，武帝时）

《待诏臣安心未央术》一篇（依次第看，自亦汉人）

由上看，自《伊尹说》以下迄《黄帝说》的七家，以及记古事的两家，完全是汇集上代之传说的。大半都是迂怪浅薄，出于后人之假托的。班固不著其作者时代，即含有此种意义的。《伊尹说》的原注也是"其语浅薄，似依托也"。《天乙篇》的原注是"天乙谓汤，其言非殷时，皆依托也"。《黄帝说》原注是"迂诞依托"。是班固自己已觉得此类小说有真有伪。此种东西，我想是秦汉间人所伪作，决不像是从民间搜集来的。所谓稗官①之职与采诗之官是同样的理想论。在著名汉人的四五种之产生，我想与道家有密切的关系，在秦汉间神话之说，甚为流行。《封禅方说》大概由《封禅书》中演化而来，虞初本来是武帝时候的方士，其他数篇，亦可顾名思义，这可以见到汉代小说所以兴起的原因。

末亡篇的考察

《汉志》上的书目，原书确已全散失了，其内容在后代还可以考察一二。现在刘向底《说苑》《新序》及《列女传》三部书中，恐怕还保存不少的所谓小说，因为在刘向检校秘书的时候，这些东西都要经过他的眼睛，因为内容很芜杂，他便把关于有价值的整理出这三部书。古代抄别人的书，并不是可耻的事，《史记》之抄《国策》，《汉书》之抄《史记》，都是例子，这话虽是臆说，却有可信的成分。

此外《伊尹说》尚存数句：

　　箕山之东，青岛之所，有庐橘夏熟。

《吕氏春秋·本味篇》述伊尹以至味说汤，亦云："青岛之

---

① 底本作"裨官"。

所有甘栌。"可见这是《伊尹说》之珍存了。又《鬻子说》亦可
见一二：

> 武王率兵车以伐纣，纣虎旅百万，阵于商郊。起自
> 黄鸟，至于赤斧。走如疾风，声如振霆。三军之士，靡
> 不失色。武王乃命太公把白旄以麾之，纣军反走。（见
> 《太平御览》三〇一引）

再看《宋子》一书，《玉函山房辑佚书》内亦有辑本。《虞初》
小说亦可见三两事（见《中国小说史略》第三篇）。此外便不得
而知了。

第二十三节 魏晋的小说

魏晋是小说极盛的时代，有的已著名魏晋的人，有的是假托
古人。《汉魏丛书》中有许多著名汉人的作品都靠不住。如题作
东方朔的《海内十洲记》，每逢称"上"的时候，都作"汉武
帝"，哪有臣称其君谥号的道理呢？所以这些东西，多半是出于
魏晋人之手笔。著名魏晋人作的计有曹丕的《列异传》、张华的
《博物志》、王嘉的《拾遗记》、干宝的《搜神记》等。统观魏
晋间的小说，有一个显著的特征，是所表现的多为超自然的鬼神
志怪的。这种小说产生的原因，我以为有下面几点：

"谈天说"的影响

战国时候，本来是诸子尽量发表意见的时候，可以说出很理
想的话。如邹衍的谈天就是一个例子。邹氏以为我们所居的中

国，不过全世界八十一分之一。在《史记》上记载着：

> 先列中国名山、大川、通谷、禽兽、水土所殖物类
> 所珍，因而推之及海外，人之所不能睹。……以为儒者
> 所谓中国者，于天下乃八十一分居其一分耳。中国名曰
> "赤县神州"。赤县神州内，自有九州，禹之叙"九
> 州"是也，不得为州数。中国外，如赤县神州者九，乃
> 所谓"九州"也。于是有裨海环之，人民禽兽莫能相通
> 者。……（《孟轲荀卿列传》）

一类的话，他虽是信口乱说，在现在看来，却有几分合理呢。

由他的话产生出神话似的小说。如《山海经》《神异经》
《海内十洲记》一类的东西。就是穆天子见西王母的神话，也是
由邹衍的神话中演绎出来。这种神话，初见于《列子》，《列
子》是晋人纂辑的。又有《穆天子传》发现于晋朝，当然也是晋
人伪托的。

"神仙巫觋说"的影响

阴阳家与道家的"神仙说"是中国神话中的重要分子。他的
来源第一说是海外有仙山，山上有仙人居住。第二说是人修道可
以成仙，不必向海外去求什么仙山。第一说是盛行于秦始皇、汉
武帝的时候。武帝以后，大家都不多说了。第二说是起于汉初，
以至魏晋间还在流行。

巫觋在中国周秦的时候已经盛行，用歌舞降神，为人祈祷做
他们的职业。到汉末这种巫风更为盛行，所以鬼神之道也因此愈
炽了。

有了以上的原因，所以葛洪的《列仙传》、干宝的《搜神

记》、张华的《博物志》都应用而出。《博物志》之内容，据《拾遗记》卷九所载：

> 华尝据采天下遗逸，自书契之始，考验神怪，及世
> 界奇闻，闾里所说，造《博物志》四百卷奏于武帝。

可知《博物志》是考验神怪的。而《搜神记》之作，据说是干宝尝感于父婢死而再生，及其兄气绝复苏，自言见天神事，乃撰《搜神记》二十卷，以发明神道之不诬。此外在晋代又有荀氏作《灵鬼志》，陆氏作《异林》，西戎主簿戴祚作《甄异传》，祖冲之作《述异记》，祖台之作《志怪》等，不过现在都不传了。

佛教的影响

魏晋以后，佛教势力渐渐的大了。佛经输入的时候，连带着输入了印度神话。佛教本有显、密二教的分别，大概密教重符咒，显教重哲理。今流传于西藏等地的是密教，流传于中国本部的是显教。这两教的材料，都为中国人所采取，不过有的说明是印度的故事，有的假托中国人的故事罢了！例如《拾遗记》有一则记着申毒国的一个人名叫尸罗的故事。"申毒"就是"身毒"，又所谓"天竺"，就是现在通称的印度。这是明明记着印度僧人的故事。《搜神记》中记着天竺胡人会数术的故事，也是这一类的。有托中国故事的，如梁吴均《续齐谐记》有《阳羡书生》一则是，把人名、地名、年号都改作中国，实则是印度故事出于《杂譬喻经》的。诸如此类，是很多很多。所以说佛教输入中国对于小说也有大的影响的。

本章参考书

（1）《汉魏丛书》（王谟刊本）

（2）《中国小说史略》前六章鲁迅著（北新本）

（3）《中国小说研究》第二章胡怀琛著（商务本）

（4）《中国文学概论·讲话小说》盐谷温著、孙俍工译（开明本）

第十章 晋宋齐间的清商曲辞

第二十四节 曲的历史与辞的内容

晋宋齐间的平民文学，完全保存在《清商曲辞》中，所以《清商曲辞》是有注意之必要的，现在先去探索它历史的转变。

曲的历史

《清商乐》是汉魏以来的旧曲，系自周代房中乐三调演变而出的。晋马浮渡以后，调已亡散，幸而苻秦又得之于凉地。迄宋武帝定关中，又因而流入南方。后魏孝文于旧曲之外，又得到吴歌西声，于是总称之为"清商"。隋文帝平陈之后，得见"清商"，勘之为华夏正声，经其修改以后，特设立"清商署"以备应用，称之曰"清乐"，杜佑《通典·乐典》云：

> 宋武平关中，因而入南，不复存于内地。隋平陈后，文帝获之曰：此华夏正声也。（《宋书·乐志》所载同）

原来开皇年间，设立七部乐，"清乐"属于七部乐之一的。到大业年间，炀帝又定"清商""西凉"等乐为九部。

天下丧乱，乐曲渐渐的沦缺，贞观年间的十部乐，"清乐"即属十部之一。武后朝，犹存六十三曲。其后歌辞所存，仅余三十七首，又七曲有声无辞，则所存者，只不过四十四曲了。玄宗以后，朝廷不重古乐，夷乐渐渐的输入，清乐渐渐的沦亡了。郭茂倩《乐府诗集》云：

> 开元中，刘贶以为宜取^①吴人，使之传习，以问歌工李郎子。郎子北人，学于江都人俞才生，时声调已失，惟雅歌曲辞，辞典而音雅。后郎子亡去，清乐之歌遂阙。

这是"清乐"阙时的一段历史。至于曲辞，迄今犹存些什么呢？计有《子夜》《上声》《欢闻》《前溪》《读曲》《神弦》等曲。以其为曼声柔歌，俱列于吴声。若《石城乐》《乌夜啼》《估客》《莫愁》等曲，以其出于荆郢樊邓之间，所以名之曰"西曲"。

辞的内容

在气候温和、山明水秀的江南，人民受了优美的自然界之陶冶，往往在荒山旷野中高亢的歌唱出震人心魂的情歌。《清商曲辞》，即是江南民间的出产品，其曼声柔歌，足以代表江南民歌的本色。有一首《大子夜歌》便是曲辞内容的绝妙评语，其歌云：

> 歌谣数百种，子夜最可怜。慷慨吐清音，明转出天

---

① 编者按：底本缺"取"字。

然。

"清音""天然"，都是的当的形容词。其内容的真挚动人，非一般执笔人所能写出来的。

从曲辞中还可以看出妇女的实际生活。她们是始而养蚕，继而组缣，别的生活即完全湮没了。表现这种情形的如《作蚕丝》《子夜春歌》《子夜夏歌》等。还有一种歌妓，也可以在曲辞中看到她们。

再者女子婚姻不自由，也可以窥出一二，如：

> 懊恼奈何诉！夜间家中论，不得侬于汝。（《懊恼曲》）

这明明是表现着婚姻的悲剧。明明自己有所爱的郎君，而自己却不能做主！

再说曲辞中又有《道君曲》《圣郎曲》《白石郎曲》《青溪小姑曲》等，都是描写神的生活的。这种神的理想，和希腊、拉丁很相似，不过缺乏伟大的艺术和普遍的信仰。有一点应当提到，是当日人民对于神之理想是现实化的，没有恐怖和禁欲的色彩，与人间的男女一样。并且神的文学，在北方是不易产生的，南方人民善于拟想，所以楚地是自来多浪漫文学的。

吴声而曲不同

吴声歌曲与西曲歌词的内容，有没有区别呢？考察起来，亦各有其特点在：吴声歌曲是善于表现幽情的，如《冬歌》《黄生曲》《团善郎》等可以为例。西声曲辞是善于表现别情的，如《三洲歌》《采桑度》《青骢白马》等可以为例。因为江南生活随便，幽情可上于口头；荆樊一带人民善于经商，故民间多别离的。

第二十五节　清商曲辞的表现法

因为曲辞是平民的性质，所以它有三种不同的表现法：

重复格

重奏复沓，在民歌中是自然的表现法，因为它极端自由，可以顺着语调之自然，随口改换几个字演唱出来。在数章格调相同，而仅换三五个字不等的，不能说它完全没有意义：文法上大半是相同的，而意味却有差别的地方。他们有泉涌似的感情，尽管缘着原调歌下去。诗三百篇中的《柏舟》（《鄘风》）以及《扬之水》《出其东门》（《郑风》）、《兔爰》《采葛》（《王风》）等，皆是这种歌调的。在曲辞中如《黄鹄曲》三首都是用"黄鹄参天飞"起首，以"半道"二字相接。如《长乐佳》的后三曲，都是用"欲知长乐佳"起首，而接以"中陵罗"三字。再如《碧玉歌》用"碧玉破瓜时，郎为情颠倒"，其格调更为显明，其后句之变化亦更大了。是以看出歌唱时候的语调自由，更换自如，非诗人所能办到的。

民歌是抒发内心之情感的，不论是欢快与悲愤，不论是凄怆与嫉忌，当他们内在要求强烈的时候而歌出，因为以歌完他们的心愿为了事，所以重复着歌调向长处延展，一而再，再而三。

双关意

"双关意"即是两意双关语。是词在此而意在彼，借其他词的声音，以显示他内含之意思的。惟口唱的文学便于这个，所以可以说是民歌中特有的表现法。在诗人中虽可以找出点这种技巧，不过是模仿罢了。若李商隐底《无题诗》：

　　　　春蚕到死丝方尽，蜡炬成灰泪始干。

第一句是双关，第二句可以说是两意语，"丝"字自然是"思"字的双关。宋代东坡还有一首诗：

　　　　莲子劈开须见薏，楸枰著尽更无棋。破衫却有重缝
　　处，一饭何曾忘却匙。

赵彦村注云："此吴歌格，借字寓意也。'薏'与'意'，'棋'与'期'，'缝'与'逢'，'时'与'匙'，俱同音也。"据赵氏言，苏轼的双关亦为模仿《清商曲辞》而来的。

吴歌中的双关大概有以下的多种：

莲——怜　　　　　　　萎——违
藕——偶　　　　　　　丝——思
梧子——吾子　　　　　芙蓉——夫容

他如拿"黄檗"之双关"苦"字，拿"石阙"来双关"悲"字等，都是很有意义的。在表现上可以称为文艺界的珍宝。

两意语

"两意语"和"双关意"，很有些人把它俩认为一谈，其实各有其不同之点。最显明的是：

双关意——是注重在所借喻的事物之声音。

两意语——是注重在所借喻的事物之意义。

不过很有些介乎双关、两意之间，声音与意义并重的。如《华山畿》上："长鸣鸡，谁知侬念汝，独向空中啼。"前两句是注重意义，最末一个字，是注重声音。再如《子夜歌》上"见娘喜容媚，愿得结金兰。空织无经纬，求匹理自难"，也是意义与音调并重的。

在《清商曲辞》中可以看作两意语的，有《子夜歌》《欢闻变》《长乐佳》《江陵女歌》等十余首都是。如《欢闻变》一首云：

> 刻木作班鸠，有翅不能飞。摇着帆樯上，望见千里矶。

这是恨自己和一支木刻的班鸠一样，有翅不能高飞，安得飞上帆樯，望一望亲人之所在地呢。

再者两意语与象征性质的作品，亦有不同。象征性质的作品，是较两意语为空泛、宽阔；两意语所借喻事物之意义，是较为切实，较为浅近与显豁。如《楚辞》里的"惟草木之零落兮，恐美人之迟暮"。说它是象征的作品则可，说它是两意语则不可。

第二十六节　清商曲辞与梁鼓角横吹曲之
比较及影响

横吹曲的解释

横吹曲是一种胡乐，而胡乐可知的则为鲜卑、吐谷浑、部落稽三国，其彼登记是开始于后魏的。这种乐曲，是马上鼓奏的军中乐曲，后来分为两部，有箫笳的为鼓吹，于朝会道路用之；有鼓角的为横吹，于军中马上用之。其曲数，按《古今乐录》上说，梁鼓角横吹曲为三十六曲，三十五曲有歌有声，十一曲无声有歌。并是时乐府胡吹旧曲四十一曲，十一曲亡佚，尚得三十曲，总前三十六曲，为六十六曲。现在丁福保《全梁诗》所存的，亦即此六十余曲，我们即以此去作比较。

比较

胡适《白话文学史》称"清商曲"是南方的平民文学，是儿女文学；"鼓角横吹曲"是北方的平民文学，是英雄文学。也可以说一个是情的呼喊，一个是力的呼喊。在力的呼喊，当然是表现着色彩浓厚的战争文学，但是也免不了情的呼喊，不过情调不同罢了。譬如同是一曲约会歌，北方的是：

明月光光星欲堕，欲来不来早语我！——《地驱乐歌》

南方的是：

一坐复一起，黄昏人定后，许时不来已？——《华山畿》

一曲写得多么直爽，多么男儿气，一曲写的情又是多么的含蓄与柔靡。此外《地驱乐》之"侧侧无力"与《子夜秋歌》之"凉风开窗寝"，《折杨柳歌辞》之"腹中愁不乐"与《子夜夏歌》之"反复华簟上"等，对比着读，都可以看出区别来。一是爽快、明显、质朴，一是委婉、含蓄、娇艳。这个全由于南北民族之不同的。

影响

在齐梁小乐府以前，最显著的平民文学之影响，是诗坛上产生了小诗。那时候大诗人们在动大笔之外，常弄这些小玩意。像鲍照就写了什么《吴歌》《采菱歌》《幽兰》《中兴歌》这些东西，大半都是向轻艳情趣处做的，极力规模《子夜歌》一类的风趣。同时惠休、宝月，都是小诗的重要作者。惠休的诗，颜延之鄙为"委巷中歌谣"，此更足以证明其诗受当代民歌影响之大呢。梁以后的小乐府，完全是民歌化了。梁武帝父子，便是模仿民歌的圣手。我曾在《清商曲辞研究》之文中，作过模仿诗作的对比。

本章参考书

（1）《清商曲辞研究》张长弓作（《燕大月刊·国学专号》）

第十一章　晋宋齐梁之诗

第二十七节　田园派

渊明的人生观

诗到晋之末年，渐渐注意在自然界的描写。揭竿而起的第一个人，影响于后代诗坛又最大的恐怕要算陶渊明的田园派了。陶渊明之写田园诗，当然由于他的人生观。所以先讨论他人生观之究竟。

晋代老庄的信徒，矜高自持，厌世骂人的甚多。如陶渊明的真挚清高，实不多见。渊明性格的冲远枯淡，人所皆知；惟是在枯淡之内，又包含着炎炎之情火的，即是镕铸热情的性格，而至于枯淡的。此性格之所以陶冶出来的，即由于时代流行的老庄思想。勿论慧远一派之佛教有多么大的关系，而老庄思想，对于他性格的陶冶实具有大力。由其推尊老庄之诗语，可以得知。所以他是以老庄的思想为背景而铸成达观的人生观，与自然同化，悟得天命之乐，即由主观的世界而走向客观的世界了。

譬如《劝农诗》的"悠悠上古"与《桃花源诗》合读起来，

脱弃智慧的世界，返于纯朴的上古，所谓复归于自然，复归于无极。这种思想反映于诗文中，如"久在樊笼里，复得返自然"（《归田园居》），又"质性自然，非矫厉所得"（《归去来辞序》）等都是。既返于自然，逍遥于真的自由之天地。称为千古绝唱的"结庐在人境"一首，已道破此种心境了。

田园诗

因为渊明质性自然，所以他以为农村生活，是最健全的生活，最快乐的生活，因之田园诗歌便应口歌出了。写农村景象如《归园田》"方宅十余亩"一首，把草屋前植的桃李，草屋后生的榆柳，都写照出来。辽远看着，隐隐约约的村庄，缭绕不绝的炊烟，狗吠鸡鸣之声若断若续的传来，完全是一幅自然的画图。他如《田家杂兴》《劝农》《田家纪事》等作，写那室家夫妇顾笑之欢，老幼携持临眺之乐，以及桑妇农夫宵宿野征的情形，未在乡村中生活过的人，不惟表现不出来，恐怕连领会也不能尽情吧！

又如写屋宇及自然之景的有《移居》《杂诗》《终南幽居》《仲夏入园中东坡》《山居贻裴十二迪》《晚霁园中喜敕作》等。这些篇什都是客观描写的佳作。

影响

田园诗人陶渊明，作风冲澹明畅，外枯中膏。对于后代影响最大的莫如唐代，次则为宋代。不过后人虽学他，大半只能得其一偏。拿唐代来说：

A. 王维——善描山水，得陶之清腴。

B. 孟浩然——遇景入咏，得陶之闲远。

C. 储光羲——嗜写园林，得陶之澹朴。

D. 韦应物——闲淡冲远，得陶之冲粹。

E. 柳宗元——雄深雅健，得陶之峻洁。

F. 白香山——恬静闲适，得陶之冲潇。（据沈德潜《说诗晬语》）

唐人祖述陶诗的甚多，这里不过举其荦荦大者。

宋人苏东坡作诗，自然流露，神韵冲简，得于陶公的独多。因为他喜欢陶诗，所以曾作《和陶诗》四卷。其他如王安石、黄山谷等，皆受陶之影响不少。

第二十八节　山水派

生活及思想

文人的诗作，到宋元嘉以后，突然放出了异彩。就是纯客观的描写家，以自然界为表现对象的山水派诗产生。创辟山水诗的首领是谢灵运，所以谢灵运的生活及思想，我们有知道的必要。

谢灵运是一个纨绔子弟，依庇他祖父谢玄的功勋，稍长即袭封为康乐公，食邑二千户之多。所以习性奢华豪贵，车御用器，多为惹人注意的鲜丽，衣服时时出些新样。用人罗列满堂，一呼百诺，可谓一幸福的贵公子呢。既然生活这样优裕，自小即养成遨游的习惯。如《南史》本传称：

　　凿山浚湖，功役无已。寻山陟岭，必造幽峻。岩嶂数十重，莫不备尽登蹑。

是他的行为，无异于佛教徒。若细考，灵运就是一个信奉释教的。我们的证明有三：

（1）《南史》本传称：

> 孟顗事佛精恳，而为灵运所轻。尝谓顗曰："得道应须慧业，丈人升天，当在灵运前；成佛必在灵运后。"顗深恨此言。

（2）依明《百三名家集》本，尚可考见，灵运常与同时之释家往还书札，如《答纲琳二法师书》等。又与僧维、法勖、慧琳、法纲等答辨宗论。

（3）谢氏《答王卫军问辨宗论书》云：幽僻无事，聊与同行道人，共求其衷。又《辨宗论》云：同游诸道人，并业心神道，求解言外。

由以上情形看，谢氏为一佛教徒无疑。本来当日释教入中国，晋宋人士，风靡一时，很少有人不受新来思潮之影响的。而况谢氏生活，本来接近佛教呢。

山水诗

田园派的诗，已经是注重自然界的描写。到山水诗，便完全以咏歌山水为目的了，在诗坛上也算是一种新的递嬗。刘勰《文心雕龙·明诗篇》云：

> 宋初文咏，体有因革。老庄告退，山水方滋。

又沈德潜《说诗晬语》云：

> 刘云：老庄告退，山水方滋。游山水诗，应以灵运

为开先也。

是山水诗之兴起,与开辟山水诗之灵运,前人业已说过了。

原来灵运为永嘉太守时,不问政事,终日在外游山玩水,所到之处,辄有咏写以记事。所以他的歌咏,多为山水的。现在我们仅择其重要的言其一二。他底《过始宁墅》有两句:

> 白云抱幽石,绿条媚清涟。

为后人所称赏不已。妙在一个"抱"字,一个"媚"字。又《七里濑》中的:

> 石浅水潺湲,日落山照耀。

这两句写山涧日暮之景,极为幽丽。唐人王昌龄的"清辉淡水木,演漾在窗户"以及常建的"初日在川上,便澄游子心"似皆不如灵运笔墨之妙。又《游南亭诗》有云:

> 密林含余清,远峰隐半规。

唐人李白有"西山欲衔半边日"之"半边",恐即基于"半规"而来。惟"半规"有茫然之状可想;而"半边"则似王维底"大漠孤烟直,长河落日圆"之"落日圆",共为明丽与雄阔,和半规"茫然"之趣不同。

中国为大陆的国家,自来关于海之咏写甚少,灵运有《游赤石进帆海》诗,有云:

> 扬帆采石华,挂席拾海月。

这两句完全写诗人之想象,颇得后人之称述。

以上不过略示一二例,像那写山水的美辞妙句是很多的。

作风与影响

关于灵运的作风，刘勰《文心雕龙·明诗篇》有云："俪采百字之偶 [1]，争价一句之奇。情极貌以写物，辞穷力而追新。此自灵运倡之矣。"灵运诗之费苦心，由此可知一二。原来他的精工，是他的长处，也是他的短处，往往失去了自然的情趣，不免雕琢的痕迹。同时的颜延之与灵运齐名，他也是一个用死工夫的人，鲍照评他的诗是"铺锦列绣，然亦雕缋满眼"的。可见当日雕琢是一时之风气，已不像渊明的质而自然了。

灵运作品的影响后代，虽不如陶诗之巨，亦有可称述的地方。唐叙景诗之作者，如王维、常建等，其系统可列于渊明与灵运之下。李白、杜甫的纪游作品，亦多宗于灵运。像张九龄等人游览之作，亦似为规模灵运的。

第二十九节　永明体与宫体

永明体的诗，在诗史上的重要，比任何时代的诗都重要。千余年来的诗人，千余年来的诗坛，都不曾跳出了它所划定的范围。到底永明体的诗是什么内容呢？

解题

考《南史·陆厥传》云：

---

① 编者按：底本作"俪来百色之偶"。

> 永明末，盛为文章，吴兴沈约，陈郡谢朓，琅玡王融，以气类相推毂。汝南周颙，善识声韵。约等文皆用宫商，将平上去入四声。以此制韵，有平头、上尾、蠡腰①、鹤膝。五字之中，音韵悉异；两句之内，角徵不同，不可增减。世呼为永明体。

由此看来，后世所谓"永明体"，即是诗中宣示出声韵论的关系。

按周颙是死于永明七年（489），曾作了《四声切韵》。沈约也作了《四声谱》，既然名之曰谱，当是关于音韵大纲的东西，可惜后代已不传了。沈约《宋书》成于永明六年。《宋书·谢灵运传论》有论声韵之文云：

> 五色相宣，八音协畅，由乎玄黄律吕，各适物宜。欲使宫羽相变，低昂互节。若前有浮声，则后须切响。一简之内，音韵尽殊，两句之中，轻重悉异。妙达此旨，始可言文。

按陆机《文赋》已有"暨音声之迭代，若五色之相宣"，似可称为"声韵论"的先声。自从这样提倡以后，于是诗中最大的问题，便是声韵之妥协，把诗中形成了不少的律格。而永明体的诗因以成立。

作者及影响

当时文坛上有"竟陵八友"之称。由于齐武帝第二子竟陵王

---

① 编者按：或作"蜂腰"。

子良，礼士好艺，天下词客多集其门。其中有八人更见敬异，于是八友之称传于世了。如王融、谢脁、沈约、范云、萧衍等，都在八友之内。所以"声韵论"在竟陵王还有提奖之功呢。当日作者虽创出种种律格，他们的作品倒也未必尽合于律格。王融并非诗之大家，他的长处是文藻富丽，在芳林园作《曲水诗序》，很被称说。谢脁的诗誉极高，萧衍爱诵他的诗，说"三日不读，便觉口臭"。沈约也互相标榜着说："二百年来无此诗。"唐李白亦异常的佩服他。其实他也不是了不得的好，不过有山水诗的家学，而出之以骈偶字句，并注意到新的声韵罢了。他全篇佳美的诗很少，所称述的"大江流日夜，客心悲未央"等，亦不过是片断的佳句。沈约的诗，堪称工丽。其长处是能景情并达，所以间里见重，诵咏成音，为一代的盟主。

大家作诗既注重字句工整，声音协畅，所以骈文因之全盛起来。近体诗的规模，亦肇始于此了。

宫体诗之内容

《梁书·本纪》简文帝《自序》云：

> 余七岁有诗癖，长而不倦。然伤于轻艳，当时号曰"宫体"。

梁武帝《白纻舞词①》，《许彦周诗话》评其丽为古今第一。《诗镜总论》称述梁人多妖艳之言。武帝父子既爱轻艳之作，他们的羽翼以及攀龙附凤之徒，自然要"下必甚焉者"了。

徐陵当日曾撰《玉台新咏》一部，据刘肃《大唐新语》云：

---

① 编者按：底本作"白纾舞词"。

> 梁简文为太子时，好作艳诗，境内化之，浸以成
> 俗。晚欲改作，追之不及。乃令徐陵撰《玉台新咏》以
> 大其体，凡为十卷。

这十卷完全为轻艳之作，把当代的作品搜罗了很多，可见这一种
作品在当日的风行。风行的原因，是受了当代民歌的影响。

因为轻艳之作风靡一时，所以不久就有人起而改革其作风。
陈之阴铿把轻艳浮靡的宫体派一变而为自然清丽，如《和侯司空
登楼望乡》可以为代表。再如北周的庾信，把轻艳浮靡的宫体派
一变而为绮而有质、艳而有骨的清新之作，如《同颜大夫初晴》
一首可以为代表。不过沿其浮靡之风的亦大有人在，所以隋文帝
时候，李谔上书《革文体轻薄》，其影响一直到初唐。

本章参考书

（1）《陶渊明专号》（《国学月报》第一集）（景山本）

（2）《老庄思想与当代诗坛》张长弓作（《大河杂志》一辑
三册）

（3）《全晋诗》丁福保编（医学书局本）

（4）《谢灵运与山水文学》铃木虎雄著（《支那文学研究》）

（5）《全南北朝诗》丁福保编（医学书局本）

（6）《玉台新咏》（南朝）徐陵撰（删补本）

（7）《中国大文学史》谢无量著（中华书局本）

第十二章　晋代佛经的输入

第三十节　佛经翻译的历史

佛教的兴起

佛教之传入中国，是很早的史迹。据释慧皎《高僧传》卷十的记载，王度奏石虎道：

> 往汉明感梦，初传其道，惟听西域人得立寺都邑，
> 以奉其神。

是汉明帝时，佛教已传入中国了。永平中，明帝梦见一个金身丈六、顶有日光的神人。傅毅以为天竺国有佛教，乃遣使臣往求，得经书及僧伽二人还国，于是创立佛寺。这是中国有佛教之始。

中国古代原有的宗教是朴素简陋的；突然输入了这种伟大富丽的宗教，所以举国倾狂。几百年中，上自帝王公卿、文人学士，下至愚夫愚妇，都受这新来宗教的震荡与蛊惑，风气所趋，佛教遂征服了全中国。汉魏间儒教的思想，沉滞不振，故皆渴望一种新的学说。又加诸佛教的思想深远广大，切合于中国人民夸

大的心理，所以一天比一天的兴盛。

晋代以后，佛教势力突然大起来的原因，由于社会的战乱。五胡十六国的时期，你争我夺，征伐不已。人民不得安生，朝野上下，皆具有厌世的念头，于是遂皈依于释迦。当代君王，亦多信奉释迦，影响于臣下的亦不在小。譬如石勒、石虎信用佛图澄以后，"道化既行，民多奉佛。皆营造寺庙，相竞出家"（《高僧传》卷十）。虽然王度、王波等人的奏请禁止，终不阻止这新宗教的流行。又如晋孝武帝太元六年：

春正月，帝初奉佛法，立精舍于殿内，引诸沙门以居之。（《晋书》本纪）

又晋恭帝元熙二年：

其后复深信浮图道，铸货千万，造丈六金像。亲于瓦官寺迎之，步从十许里。（《晋书》本纪）

由此以看，晋之诸帝亦多皈依于释迦的，所以晋宋齐间佛教已深入于人心了。

译经的历史

佛教既征服了全中国，佛教徒不能不注重传教的事业，于是需要经典的翻译。中国人也都想了解新来宗教的内容，都愿意诵读经典。在这种情形下，翻译便越来越多了。翻译佛经最早的一个人，据传说是汉明帝时候的摄摩腾，他曾译了《四十二章经》。考察《四十二章经》是编辑佛教的精语以成之的，句法是学《老子》，大概是编述的性质。为了适合中土人民的习惯，恐怕要牺牲佛经文学的本色，所以最古的经录也未收此书。与摄摩腾同来的竺法兰，说是也有几部译经，不过这些人物的有无，现在是不能决定的。

到桓灵时代，据释慧皎《高僧传》上所示的译经者，有安世高、支谶、安玄、严佛调、支曜、康巨等一些人。除掉严佛调是中国临淮人外，都是异国人民。当日他们集到洛阳，翻译的多属小品，严佛调与安玄合译的有《维摩诘经》等。

在三国时候，主要的译经者，有支谦译出了四十九种之多，康僧会亦译出十余种。维祇难与竺将炎合译《昙钵经》一种，今名《法句经》，用的是四言和五言的体裁。译者是多集在南方的。

到西晋时候，竺法护是一个最重要的译者，他本为月支人，世居敦煌，尝到西域得到许多梵经。据释慧皎《高僧传》上记：

　　所获《贤劫》《正法华》《光赞》等一百六十五

部。孜孜所务，唯以宏通为业，终身写译，劳不告倦。
由此可见他介绍佛教经典，作为终身的事业，译文是畅达清雅。

不久又出来一位译经大师，他是鸠摩罗什。翻译经典到现在才算达于成熟的时期。他既精通佛典，又精通汉文，故姚兴征服后凉之后，于弘始三年，迎他到长安，待以国师之礼，请他译经。他译的有《大品般若》《小品金刚般若》《十住》《法华》《维摩诘》《小无量寿》等经，又有《十诵律》等律，又有《诚实中论》《百论》《十二门论》等论，凡三百余卷。

继而要提到的是昙无谶，他曾译出《涅槃经》《大集经》《大云经》《佛所行赞经》等。《佛所行赞经》是一首很长的无韵叙事诗，对于中国文坛上有极大的影响。

晋宋以后，南方也有重要的译场。僧伽提婆在庐山译出《阿毗昙心》等，又在建业重译《中阿含》。佛驮跋陀罗在庐山译出

《修行方便论》，又在建业道场寺译出《华严经》，是为晋译《华严》。法显从印度留学回来，带了经卷，在道场寺请了佛驮跋陀罗译出《大泥洹经》及《摩阿僧祇律》等。又求那跋陀罗在建业译出《杂阿含》，又在丹阳译出《楞伽经》，又在荆州译出《无量寿经》等。及求那跋陀罗死于宋武帝泰始四年（468），以后译经的事业便衰了。

到齐永明十年（492），求那毗地又译出《百句喻经》《十二因缘》《须达长者经》等，都是小品。以后译经更不多见了。

第三十一节　佛经文学的一斑

佛经翻译的事业，大约有千年之久。其部数卷数据日本刻的《大藏经》与《续藏经》，共三千六百七十三部，一万五千六百八十二卷。（《大正大藏经》所添不在内，《大日本佛经全书》一百五十巨册也不在内。）自晋之南渡（318）起，到隋的灭陈（589）止，只有二百七十多年，据《开元释教录》所载，译经共一千 一百八十七部，三千四百三十七卷，译经者九十六人。

这么多的译者，译出这么多的经典，他们翻译的态度却是一致的。因为宗教的经典，重在传真，重在正确，而不重在辞藻文采，所以骈偶的烂调是没有的。因为重在读者易解，而不重在古雅，所以译者趋向平易明畅的道路。现在我们举出几部书作例：

《法句经》

《法句经》就是《昙钵经》，已见于前。卷首有一序文，颇有意义。其文云：

> 将炎虽善天竺语，未备晓汉。其所传言，或得梵语，或以义出。音近质直，仆初嫌其为词不雅。维祇难[①]曰：佛言，依其义，不用饰；取其法，不以严。其传经者，令易晓，勿失厥义，是则为善。……是以自偈受译人口，因顺本旨，不加文饰。译所不解，即阙不传。故有脱失，多不传者。然此虽词朴而旨深，文约而义博。

这可见译者的态度是只求意义而不加文饰的。现在略举一二段为例于下：

> 盲从是得眼，暗者从得烛。示导世间人，如目将无目。——《多闻品》

> 譬如厚石，风不能移。智者意重，毁誉不倾。——《明哲品》

《法句经》是众经的要义，是古代沙门从众经中选出四句、六句的偈，分类编纂起来。因为是众经的精华，所以不加雕饰的译出，仍有文学的价值。

---

① 编者按：底本作"维祇难"。

《劝意品》

《劝意品》是法护在太康五年（284）译成的《修行道地经》中的一篇。法护的译笔据释慧皎《高僧传》道安的批评，是"虽不辩妙婉显，而弘达欣畅……依慧不文，朴则近本"。现在我们看《劝意品》中的擎钵大臣的故事。可惜原文很长，这里仅摘录一二段作例：

> 时一国人普来集会，观者扰攘，唤呼震动，驰至相逐，躄地复起，转相登蹑，间不相容。其人心端，不见众庶。观者复言，有女人来，端正姝好，威仪光颜，一国无双。如月盛满，星中独明，色如莲华，行于御道……尔时其人，一心擎钵，志不动转，亦不察观。
>
> 观者皆言："宁使今日见此女颜，终身不恨，胜于久存而不睹者也。"彼时其人虽闻此语，专精擎钵，不听其言。

昔日有一个国王，想选择一个明智之人以为辅臣。他先要试一试他，使他擎着一个盛满的油钵，走向距离二十里地的调戏园，如钵油滴下一滴，须割其头以罚之。这当然是难作的事。明智之人以为若见是非而不转移，惟念油钵，志不在余，可以度过。上边是在路途上的经过，以表现其人的心专。

《维摩诘经》

这部经是鸠摩罗什译的，他对于自己的译笔，并不过于相信。尝有言曰："但改梵为秦，失其藻蔚，虽得大意，殊隔文体。有似嚼饭与人，非徒失味，乃令呕哕也。"此正可以表示他是一个有文学欣赏力的人，不满意自己明畅的笔墨。

《维摩诘经》是一部富于文学趣味的小说。大意是居士维摩诘有病，释迦佛叫他的弟子去问病，他的弟子舍利弗、大目犍连、大迦叶等，都一一诉说维摩诘的本领，都不敢去问病。佛又叫弥勒菩萨、光严童子、持世菩萨等去，他们也一一诉说维摩诘的本领，复不敢去。到后来，只有文殊师利肯去。

以下便写文殊与维摩诘相见时，维摩诘所显的辩才与神通。这部经在后代文学界、美术界的影响是很大的。

鸠摩罗什译品中，又有一部《法华经》，虽不是小说，却是富于文学趣味的。其中有几个寓言，是世界文学里最有价值的寓言。描写老朽大屋的种种恐怖和火烧时的种种纷乱，都是很热闹的。

《佛所行赞经》

这部经是昙无谶翻译的。是佛教伟大诗人马鸣的杰作，是述佛之一生故事的。全诗分二十八品，约九千三百句，凡四万六千多字，文辞美妙无比。今引出《离欲品》的两段于后：

> 太子入园林①，众女来奉迎。并生希遇想，竞媚进幽诚。各尽妖姿态，供侍随所宜。或有执手足，或遍摩其身。或复对言笑，或现忧戚容。规以悦太子，令生爱乐心……

> 尔时媒女众，庆闻优陀说。增其踊悦心，如鞭策良

---

① 编者按：底本作"圆林"。

马。往到太子前，各进种种术。歌舞或言笑，扬眉露白
齿，美目相眄睐，轻衣见素身。妖摇而徐步，诈亲渐习
近。情欲实其心：兼奉大王言，漫形嫉隐陋，忘其惭愧
情。

下边是说太子心坚固，不为女色所动，仍是傲然不改容。愈写女
子之妖美，愈见太子之无欲的。

《佛本行经》

这是宝云译的一部与《佛所行赞》同类的经。宝云到过于
阗、天竺，遍学梵书。释慧皎《高僧传》卷三称他"华梵兼通，
音训允正"。可见是很有资格的翻译家。这部经共分三十一品，
有时用四言，有时用五言，有时用七言，而五言居最大部分。现
在摘第八品《与众婇女游居品》里写太子与婇女同浴的一段，以
见其浓艳的描写一斑：

太子入池，水至其腰。诸女围绕，明耀浴池；犹如
明珠，绕宝山王。妙相显赫，甚好巍巍。众女水中，种
种戏笑：或相湮没，或水相洒；或有弄华，以华相掷；
或入水底，良久乃出；或于水中，现其众华；或没于
水，但现其手。众女池中，光耀众华，令众藕华，失其
精光。或有攀缘，太子手臂，犹如杂华，缠着金柱。女
妆涂香，水浇皆堕，旃檀木橙，水成香池。

此外如《华严经》，是一部幻想的教科书，如《莲花落》一般的
溜去，往往成就了不讲结构的长篇小说。

第三十二节　译经文学的影响

体裁的

印度的文学，往往注重形式上的布局与结构。《佛所行赞》《佛本行经》都是伟大的长篇故事，不用说了。其余经典也往往带着小说或戏曲的形式。《须赖经》一类便是小说体的作品，《维摩诘经》《思益梵天所问经》都是半小说体半戏剧体的作品。这种悬空结构的文学体裁，都是中国没有的。他们的输入，与后代弹词、平话、小说、戏剧的发达，都有直接或间接的关系。

想象的

佛教文学最富于想象力，虽然有些不近情理的幻想，然对于那最缺乏想象力的中国古文学却有很大的解放作用。我们可以说，中国浪漫主义的文学，是印度文学影响的产儿。

宣传的影响

以上是关于译经影响于文学的。后来佛教徒为了宣传教义，又演变出三种方法：

（1）经文的"转读"。

（2）梵呗的歌唱。

（3）"唱导"的制度。

　　这三种宣传法门，便是把佛教文学传到民间去的路子。也便是产生民间佛学的来源。释慧皎的《高僧传》分十科，而第九科为"经师"，即读经与念呗两类的名师。第十科为"唱导"，即唱导的名家。可见这三种宣教的方法，在当日是很重要的。

　　释慧皎《高僧传》云：

　　　　天竺方俗，凡是歌咏法言，皆称为"呗"。至于此土①，咏经则称为"转读"，歌赞则号为"梵音"。

这可见"转读"与"梵呗"是同出于一源的，大概诵经之法，要念出音调节奏来，是中国古代所没有的，这法子传遍中国以后，和尚念经，小孩念书，秀才读文章，都十足受了印度的影响。

　　至于"转读"的名家，如支昙籥是最早的一个，释慧皎《高僧传》上说：

　　　　尝梦天神授其声法，觉因裁制新声，梵响清靡，回飞却转，反折还弄。……所制六言梵呗，传响于今。

此外道综、僧饶、智宗等，都是有名的转读家。

　　什么叫做"唱导"呢？释慧皎《高僧传》十五云：

　　　　唱导者，盖以宣唱法理，开导众心也。昔佛法初传，于时齐集，止宣唱佛名，依文教礼。至中宵疲极，事资启悟，乃别请宿德，升座说法。或杂序因缘，或傍引譬喻。其后庐山慧远，道业贞华，风才秀发，每至斋集，辄自升高座，躬为导首，广明三世因果，却辩一斋大意。后代传受，遂成永则。

这一节关于"唱导"的意义与其形成，说得很为详细。"唱导"

――――――――――

　　① 编者按：底本作"此士"。

就是斋场的布导会。唱导的内容，因为主人阶级的不同，唱导文也时时改变，所以也有制造出新的唱导文的。释慧皎《高僧传·真观传》中说他著有《导文》二十余卷。

总之，转读之法，使经文可读，使经文可向大众宣读，这是一大进步。宣读不能叫人懂得，于是有俗文、变文之作。把经文演成通俗的唱本，使多数人容易了解。这便是更进一步了。后来唐五代的《维摩变文》等，便是这样起来的。梵呗之法，用声音感人。先传的是梵音，后变为中国各地的呗赞，遂开佛教俗歌的风气。后唐五代所传的《净土赞》《太子赞》《五更转》及《十二时》等，都属于这一类的。

本章参考书

（1）《白话文学史》第九、十章胡适著（新月本）

（2）《饮冰室文集》第四集前三卷梁启超著（中华本）

第十三章　南北朝的小说

第三十三节　鬼神志怪的记述

秦汉以来，神仙之说流行于人间；汉末又大畅巫风，于是鬼道亦复炽盛。加诸小乘佛教输入中土，所以关于鬼神灵异的事迹，传遍于人口。有些勤谨的文士随笔记下，便是我们现在所说的鬼神志怪的小说。

在晋的时候，干宝《搜神记》、陶潜《搜神后记》等还存在，至于荀氏《灵鬼志》、陆氏《异林》、戴祚《甄异传》、祖冲之《述异记》等，都已散佚了。现在我们从南北朝说起。

《异苑》

这部书是死于宋明帝泰始中的刘敬叔所作的。敬叔颖悟有异才，所著有《异苑》十余卷行世。现在所存的《异苑》为十卷本，恐已非原书了。《异苑》的内容，我们由书名即可以知道。今录其一则，以见一班：

> 义熙中，东海徐氏婢兰忽患赢黄，而拭拂异常，共伺察之，见扫帚从壁角来，趋婢床，乃取而焚之，婢即

平复。（卷八）

《续齐谐记》

这部书是死于梁武帝普通元年的吴均所作的。宋散骑侍郎东阳无疑有《齐谐记》七卷，见于《隋志》，已佚。吴氏作《续齐谐记》一卷，今尚存，恐亦非原本。吴氏是夙有诗名的，文体清拔，好事者或模拟之，称"吴均体"，故其小说，亦卓然可观。譬如写许彦遇一书生的故事，是多么诡异与富丽。这一篇是据《旧杂譬喻经》（康僧会译）而写的。段成式《酉阳杂俎续集·贬误篇》有云：

> 释氏《杂譬喻经》云："昔梵志作术，吐出一壶，中有女子与屏，处作家室。梵志少息，女复作术，吐出一壶，中有男子，复与共卧。梵志觉，次第互吞之，拄杖而去。"余以吴均尝览此事，讶其说以为至怪也。

在吴氏演述时，先构出一个阳羡许彦，于绥安山行遇一书生。这书生就是梵志的化身。中间在吐出的男子口中又吐出女子来，是吴氏增加的。末谓书生与一铜盘作纪念，亦系佛经所无的。

《冥祥记》

这部书是王琰于宋大明及建元年间，两感金像之异而记出的。共为十卷，多存于《法苑珠林》及《太平广记》二书中。叙述多委屈详尽。今引录一事于后：

> 汉明帝梦见神人，形垂二丈，身黄金色，顶佩日光。以问群臣，或对曰："西方有神，其号曰佛。形如陛下所梦，得无是乎？于是发使天竺，写致经

113

像。……"

《述异记》

这部书是梁代任昉所记的，是否原书，一时不易决定。任昉为当代竟陵八友之一，沈约常称述他文笔之妙，所以内中所记，颇有可读之处。今录其一则于下：

> 晋王质入山采樵，观两童子对弈；局终，柯已烂。

此事已见于《水经注》，言听童子弹琴，俄顷，斧柯已尽。更有意味的是和《欧文杂记》中的《李迫大梦》一样，一睡二十年。此故事系根据荷兰人的传说。是中外暗合，或是有所影响，都不能断言的。

除上述外，又有颜之推《冤魂志》《集灵记》，侯白《旌异记》等，皆为记怪之小说，以震动世人之听闻的。

第三十四节　旧闻佚事的记述

魏晋以后，文士有一种风气，谈吐间流于玄虚，举止时故为疏放。握笔之士，多采集旧闻新说，撰为丛语。范围是属于人间的，已脱离了志怪的牢笼。现在我们略为检查于下：

《世说》

宋临川王刘义庆有《世说》八卷，梁刘孝标注之为十卷，见《隋志》。现在所存的出于宋人晏殊，不知何人又加上"新语"二字。共三十八篇，自《德行》至《仇隙》，以类相从。关于玄远冷俊的言语，高简瑰奇的行为，以及足资一笑者，都编录在内。

《宋书》称义庆才词不多，而招聚文学之士，远近必至。则本书也许是出于众手呢。今录两则如下：

> 阮光禄在剡，曾有好车，借者无不皆给。有人葬母，意欲借而不敢言。阮后闻之，叹曰：“吾有车而使人不敢借，何以车为？”遂焚之。（《德行篇》）

> 刘伶恒纵酒放达，或脱衣裸形在屋中，人见讥之。伶曰：“我以天地为栋宇，屋室为裈衣，诸君何为入我裈中？”（《任诞篇》）

《小说》

梁殷芸撰《小说》三十卷，至隋仅存十卷。明初尚传于世，现在止能在《续谈助》及原本《说郛》中见到。编制系以时代为次第，而特置帝王的事迹于卷首。今录一则于下：

> 孝武未尝见驴，谢太傅问曰：“陛下想其形当何所似？”孝武掩口笑曰：“正当似猪。”（《续谈助》四，原注云，出《世说》。今本无。）

《启颜录》

是书系魏郡人侯白所撰，见于《唐志》。侯氏天资聪颖，滑稽善辩，好为俳谐杂说，人多乐与之处。书虽久佚，《太平广记》引用甚多。例从略。

此外沈约作《俗说》三卷，杨松玢作《解颐》二卷，早已散佚。

本章参考书

（1）《中国小说史略》五、六两篇鲁迅著（北新本）

（2）《太平广记》（宋）李昉编（扫叶本）

（3）《说郛》（元）陶宗仪编（商务本）

第十四章　唐代的诗歌（上）

第三十五节　诗歌兴盛的原因

唐代是诗歌最盛的时期，据《全唐诗》的著录，作者凡二千二百余人，诗篇都四万八千九百余首。拿三百年的光景，比八代那七八百年所产生的诗之总量还多几倍呢。诗歌这样迅速的发展，在中国诗歌史上是应特书的一页。然诗歌何以会在唐代这样兴盛，其原因却有探索的必要，现在把它简单的分析于下：

君主的提倡

一代文风，君主提倡，实有大的关系，譬如汉季，灵帝好俳词，魏之三祖亦多以吟咏为事，因之攀龙附凤之徒，为了羽翼其侧，多爱好辞章，一代的文学，蔚然兴起。唐代君主，亦多雅好文事，自然上有好者，下必有甚焉者，所以文人辈出，制作亦连篇累牍。唐太宗是一个英明之主，四夷征服之后，注意治道，讲究文事。为秦王的时候，已开设文学馆，延致天下的文人。常常"焚膏油以继晷"，到深夜还研究不辍。即位后又置"弘文馆"，搜聚四部书至二十余万卷之多。聘请十八位文人，每日轮流着讨论研究。太宗本人最爱好的是作艳诗，见于刘肃《大唐新语》。武后临朝，也是大搜遗逸，四方文人，应制者足有万人之多。虽说她的诗笔，多出于崔融、元万顷等人之手，要之提倡之功，是不可湮没的。

玄宗是以风流自赏，爱礼文士的君主。李白即以《清平调》见宠于玄宗。宪宗读了白居易的《讽谏诗》，立即召为学士。穆宗读了元稹的歌词，立即擢为祠部郎中，知制诰。文宗好五言诗，竟置诗学士至七十二人之多。可见唐代君主，都与诗歌有缘。这便是唐代诗歌兴盛的原因之一。

试验制度之提倡

一般的人都是说：唐诗之兴盛，由于唐代以诗赋取士。实际考察起来，诗赋取士仅为唐诗兴盛原因之一，因为这种制度的推行，在诗赋兴盛之后呢。

按唐代课赋，始于武后光宅二年（685），自此以后，成为定例。开元二年所试为《旗赋》，以"风、日、云、野、军、国、清、肃"为韵。言赋之八字韵脚，即始于此。

试诗始于哪一年呢，尚不得其详。考王维"清如玉壶冰"诗（六韵），载于《文苑英华》（卷一八六）。《全唐诗》言为维年十九，京兆府试的制作。维生于长安元年（700），十九岁可推知为开元七年（719）。是开元七年府试业已课诗了。迄开元十二年，有关于祖咏的记载。计有功《唐诗纪事》卷二十有云：

有司试《终南山望余雪》诗，咏赋云："终南阴岭
秀，积雪浮云端。林表明霁色，城中增暮寒"四句，即
纳于有司，或诘之，咏曰："意尽"。

是开元七年以后，试诗已成为定制了。至于诗赋并试，大概始于
天宝十年（751）。是年试《豹鸟赋》及《湘灵鼓瑟诗》。钱起
的诗赋并存于《文苑英华》，此可称为进士试验诗赋之始。

拿现存的材料去考定，唐代科举之试验诗赋，最早不过于盛
唐的。所以说试验制度与诗歌的兴盛，言之于开元以后则尚成理
由，推之于开元以前则不可的。

时尚的原因

唐诗之兴盛，除掉了以上的二个原因外，我以为还有近体诗
刚刚完成，给于文士们新的刺激，而惹起他们试作的兴趣，也是
一种兴盛的原因。大凡一种新的艺术形式产生，一般人都感到新
奇，而发生好奇心。能文之士，固然要弄弄文笔，不惯于属文
的，或者也要试一试。当日诗歌已经制定新的格律，不惟字句相
对要工整，平仄亦要和谐，比较古诗的抒写，是要多费心思的。
所以一般人都有试作的精神。加诸政治方面的鼓励与提倡，遂蔚
然独盛，而成为诗歌的时代。

第三十六节　近体诗之完成

在诗歌史上，有所谓古体近体之别。古体是指那南北朝以前
写作时候无甚拘束的诗篇，近体是指唐以后写作时候受了格律限

制的诗篇。近体是完成于唐代，他的远流是早在唐以前的。现在略为分析于下：

近体的意义

近体诗据前人说法，包含着律诗与绝句，现在我们要偏重律诗来说。所谓律诗，钱木庵《唐音审体》解释云：

> 律者，六律也，谓其声之协律也。如用兵之纪律，如刑之法律，严不可犯也。

那么可以说有一定格律的便叫做"律诗"了。再具体点说：

（1）一句之中——平仄须调节。

（2）一联之间——对偶须工稳。

（3）一篇之内——声音的浮切与低昂须修炼。

这三点可以说是律诗必具的条件，律诗之所以为律诗，也就在于此。至于它与古诗的区别，日人儿岛氏《中国文学概论》，以句法、篇法、押韵法，归结为六个异点。在这里，我们也不必详引了。

近体诗之雏形

六朝骈文盛行，所以诗句也多偶句。加以齐梁间"声韵论"的提倡，便形成律诗的雏形了。刘师培《中古文学史》云：

> 试即南朝之文审之。四六之体，粗备于范晔、谢庄，成于王融、谢朓，而王谢诗，亦复渐开律体。影响所及，迄于隋唐，文则悉用四六，诗则别为近体。不可谓非声律论开其先也。

是刘氏之论以为律体之形成，由于声韵论之提倡。所以杨慎《五言律祖》中，所取有谢朓《曲池之水》、王融《临高台》、沈约《秋夜》等。像此类诗，不过有其形式而已。若合以唐律之规律，当然相差得多了。

又吴乔《园炉诗话》论律诗之起源云：

> 五言律诗，若略其行迹，而以神理声韵论之，则对偶而五联、六联者，如杨炯之《送刘校书从军》，不对偶而八句者，学沈约之《别范安成》、柳恽之《江南曲》，皆律诗也。

胡应麟《诗数》亦云：

> 用修集六朝诗为《五言律祖》，然当时体制，尚未尽谐。规以隐候、失黏、上尾等格，篇篇有之。全章吻合，惟张正见《关山月》及崔鸿《宝剑》、邢巨《游春》，又庾信《舟中夜月》诗四首，真唐律也。

兹录《舟中望月》一首于下：

> 舟子夜离家，开舱望月华。山明疑有雪，岸白不关沙。天汉看珠蚌，星桥视桂花。灰飞重晕阙，冥落独轮斜。

像此诗大致已可归入唐律。如陈后主《梅花落》、陈昭《昭君词》、祖孙登《莲调》等，皆可目为唐律。若阴铿《安乐宫诗》，是十句律诗，气象庄严，格调鸿整，可称为律体之最完备的。

近体诗之完成

唐初四杰为文惯用骈俪之体，杜诗所谓"王杨卢骆当时体"，就是这种意思。所以他们写诗也趋向律诗。王世贞《艺苑卮言》有云：

> 卢骆王杨，号称四杰。词旨华丽，因缘陈隋之遗。
>
> 骨气翩翩，意象老景，超然胜之。五言遂为律诗正始。

四杰为诗不多，可以说是五律的第一期。稍后，杜审言、沈佺期、宋之问等诗人产出，完成了五言律诗，故王世贞《艺苑卮言》又云：

> 五言至沈宋始可称律。律为音律法律，天下无严于是者。知虚实平反不得任情，而法度明矣。

论者称沈宋都不及杜审言。实则如杜之《秋夜宴》《奉敕咏终南山》等作，皆为绝对合格的律诗。今录沈佺期《夜宿七盘岭①》一首于下：

> 独游千里外，高卧七盘西。山月临窗近，天河入户低。方春平林绿，清夜子规啼。浮客空留听，褒城闻曙鸡。

以上是说的五言律，还有所谓七言律的。杨用修所取之七言律，如梁简文、陈后主等作，内中皆杂五言。隋炀帝《江都乐》之前一首，颇有相似，然皆未成体。按《诗薮·内编》以为"卢家少妇"体格丰神，良称独步。按即沈佺期《古意呈补阙乔知之》一首。此外宋之问《奉和春初幸太平公主南庄应制》一首，

---

① 底本作"七盘领"。

亦可称为七律。兹录沈作于下，以见一斑：

> 卢家少妇郁金堂，海燕双栖玳瑁梁。九月寒砧催木叶，十年征戍忆辽阳。白狼河北音书断，丹凤城南秋夜长。谁谓含愁独不见，更将明月照流黄。

是在沈宋时代，五律、七律全已完成了。

第三十七节　近体诗与音乐

近体诗，是指律诗与绝句而言的。绝句本来另有渊源，大概在律体产生之后，绝句便无形同化在律诗中了，后人往往把它误会为截取律诗之半。不论是绝句与律诗，最应注意的是均可以入乐。后人只知道绝句入乐，忽略了律诗入乐，那是很可惜的。

律诗入乐

律诗入乐最可靠的证据，是《唐书·音乐志》所载的《享龙池》乐章十首：

（1）紫微令姚崇作。　　（2）左拾遗蔡孚作。

（3）太府少卿①沈佺期作。　（4）黄门侍郎卢怀慎作。

（5）殿中监姜皎作。　　（6）吏部尚书崔日用作。

（7）紫微侍郎苏颋作。　　（8）黄门侍郎李乂②作。

（9）工部侍郎姜晞作。　　（10）兵部郎中③裴璀作。

---

① 底本作"太府太卿"。

② 底本作"黄门太郎李乂"。

③ 底本作"兵步郎中"。

这十章是完整的十首律诗，兹录沈佺期之制作于下：

> 龙池跃龙龙已飞，龙得光天天不违。池开天汉分黄道，龙向天门入紫微。邸第楼台多气色，君王凫雁有光辉。为报寰中百川水，来朝上地莫东归。

由此可以证明律诗是可以入乐的。大概律诗很笨重，入乐的较绝句为少。绝句是伶俐轻便，易于上口，所以诸书所记载的故实，多为绝句的。

绝句入乐

绝句入乐，是人所共知的事实。现在我们援引"旗亭画壁"的故事以见入乐之情形。王灼《碧鸡漫志》云：

> 旧闻开元中，诗人王昌龄、高适、王之涣诣旗亭饮，梨园伶官亦招妓聚燕。三人私约曰："吾辈善诗名，未定甲乙，试观诸伶讴诗分优劣。"一伶唱昌龄二绝句云：……一伶唱适绝句云：……之涣曰："佳妓所唱，如非我诗，终身不敢与子争衡。不然，子等列拜床下。"须臾，妓唱："黄河远上白云间，一片孤城万仞山。羌笛何须怨杨柳，春风不度玉门关。"之涣揶揄二子曰："田舍奴，我岂妄哉！"以此知李唐伶妓，取当时名士诗句入歌曲，盖常俗也。

又《蔡宽夫诗话》云：

> 大抵唐人歌曲，本不随声为长短句，多是五言或七言诗。歌者取其辞，与和声相迭成音耳。予有《古凉州伊州词》，与今遍数悉同，而皆绝句也。

再者尤袤《全唐诗话》亦记载着当安禄山乱时，李龟年奔放江潭，曾于湘中采访使筵上唱王维的诗歌，其词云：

　　红豆生南国，春来发几枝。赠君多采撷，此物最相思。

又：

　　秋风明月共相思，荡子从戎十载余。征人去日殷勤嘱，归雁来时数附书。

这两首歌很显明的是五绝与七绝。因之我们可以说唐代绝句即是社会通行的乐词。

近体诗既然可以入乐，亦可以认为是唐代诗歌兴盛的原因之一。

本章参考书

（1）《中国大文学史》卷六谢无量著（中华书局本）

（2）《唐代试验制度与诗赋》铃木虎雄著（《支那文学研究》）

（3）《律诗溯源》张长弓作（未刊）

（4）《绝句论述》张长弓作（未刊）

（5）《旧唐书·音乐志》（开明《二十五史》本）

（6）《全唐诗话》（宋）尤袤著（医学书局本）

第十五章 唐代的诗歌（下）

第三十八节 绮靡派及其反动

诗歌自齐梁以来，因为文人模仿小乐府，一步一步走向轻艳浮靡的风格，庾信、阴铿之徒，虽欲稍有改革，然以人少亦不足以挽其颓风。所以到隋文帝时候，李谔上书，痛言文风的靡丽，惜乎隋炀帝又是一个未能免俗的人，选用文士，广制艳曲，和陈后主的风趣，简直无甚差别。就在这种提倡下，奠定了初唐诗歌的作风。

绮靡派

唐太宗之爱好文学，已见于上，而本人亦常作艳诗。刘肃《大唐新语》云：

> 太宗谓侍臣曰：朕戏作艳诗。虞世南便谏曰：圣作虽工，体制非雅。上之所好，下必随之。此文一行，恐致风靡。

假如太宗是偶而为之，虞世南或不致去谏诤，大概太宗爱艳诗，而又常作，臣下亦有赓续作之的。

太宗当日所见赏的文人，上官仪也是其中之一。他的作诗就是风花雪月，情少辞多。研究辞句中有六对、八对之别。《诗苑类格》著录其诗句之六对如下：

（1）正名对——天地日月。

（2）同类对——花叶草芽。

（3）连珠对——萧萧赫赫。

（4）双声对——黄槐绿柳。

（5）叠韵对——彷徨放旷。

（6）双拟对——春树秋池。

上官仪既如此提倡，所以当代作者，如沈佺期、宋之问属辞浮靡，没有不受其影响的。上官仪的孙女婉儿，武后、中宗时代，制作亦甚丰富，与其祖父同风，力求新丽。朝廷靡然成风。

在初唐又有王杨卢骆，称为"唐初四杰"的。作文作诗，多沿六朝之习。杜诗所云"王杨卢骆当时体"，即是说着这个。内中骆宾王的歌辞，浮靡尤甚。他们可以称述的是在华丽之中，还带着骨气与意象。现在举王勃《仲春郊外》一首为例：

> 东园垂柳径，西堰落花津。物色连三月，风光绝四
>
> 邻。鸟飞村觉曙，鱼戏水知春。初晴山院里，何处染嚣
>
> 尘。

像这些诗，真是"斗一韵之奇，争一字之巧"，煞费苦心写出的浮华之作。此外如长孙无忌之《新曲》、李义府之《堂堂词》、刘希夷之《白头翁咏》等，都是不脱齐梁之风的。

反动派

文风久则弊，弊则必变。诗坛绮靡之风，到陈子昂起而改变之。彼《与东方左史虬①修竹篇序》有云：

> 仆尝暇时观齐梁间诗，彩丽竞繁，而兴寄都绝，每以永叹；窃思古人，常恐逶迤颓靡，风雅不作，以耿耿也。

由这几句，就可以看到陈氏的态度是以挽颓风为己任的，故韩愈《荐士诗》咏曰：

> 国朝盛文章，子昂始高蹈。

又刘克庄诗话亦云：

> 唐初王、杨、沈、宋擅名，然不脱齐梁之体。独陈拾遗首创高雅冲淡之音，一扫六代之纤弱。太白韦柳继出，皆子昂发之。

按子昂最著名的是《感遇诗》三十首。《皎然诗评》称其"出自阮公《咏怀》之作，难以为俦。"可谓推崇备至了。张九龄亦有《感遇诗》十二首，同属于这一派。

此外还有一派反动的，就是通俗的白话诗。白话诗最重要的作者，是王梵志。唐宋人很多称述王梵志，他的诗集还残存在世上。关于他的事迹，多是一些神话。诗极其俗俚，缺少艺术之美。

其我手写我口的态度，是比较可贵的。与那一字一句煞费苦心的文人，相差是如何之大！后来还有寒山、拾得一流人，也都

---

① 编者按：底本作"蚪"。

是受着王梵志之影响的。关于这些，在胡适《白话文学史》里是叙述得极为详细。

第三十九节 边塞派与自然派

开元、天宝以后，诗坛上展布出波涛壮观，作者辈出，各具有独特的风格，可谓唐代诗歌的黄金时代。这时期的作品，有的是风致澹远，有的是壮健悲凉，有的是苦吟，有的是闲咏。各种情调，都变幻在诗篇中，真是一个伟大的时代。现在依描写的题材和倾向，可以粗略的分为四派去叙述。

边塞派

这一派的诗，是以豪放健劲之笔，写悲壮凄凉的情调，发为英雄洒落的壮歌。梁之鼓角横吹曲辞，可称为此派的远流。以半路学诗的高适而言，他曾奏大将军哥舒翰的书记，作过西蜀的刺史，所以在诗篇上表现出壮烈的情致。因为常在边塞，所咏之诗，亦以边塞的情调为多。如他底《别董大》《塞上》《登五丈峰》诸作，皆表现出一种壮烈的作风。

开元进士王昌龄，为诗长于七绝，有"诗天子"之称。尤其是他的边塞短歌，幽咽悲壮。如他底《出塞诗》，是很有名的。

再者他写闺情，亦有可取处。如《长信秋词》，有人称为压卷之作。

天宝进士岑参，是边塞诗作者最健的一个。因为他半生戎幕，奔走于西陲热海，城障塞堡，无不经行，所以别的作边塞诗的，都没有他内行，他是亲身体验来的。论者谓他的诗，超拔孤秀，度越常情，读之令人慷慨怀感。像他的《天山雪歌》《火山云歌》《赠酒泉韩太守》《热海行》等，都含有十足边塞之情调的。如《赵将军歌》写边塞将士的生活，是极活跃的。

此外如王之涣的《凉州词》、王翰的《凉州词》、李颀的《古从军行》等都可以说是边塞派的作品。

自然派

自然派的远源，要上溯于陶渊明，陶氏之称为自然诗人，已见于前。到唐代以后，就有不少的人来学陶氏的作风，孟浩然就是一个。孟氏是襄阳人，四十岁时应进士试不第，后来在张九龄幕中作官，彼此唱和，以诗自适。他死于开元末年，约当公元740年左右。孟氏的诗有意学陶，但摆脱不掉律诗的势力，所以稍近于谢灵运。其《过故人庄》《夜归鹿门山》等，都可以称为代表作。

王维本来是一个佛教徒，由他取字摩诘亦可以看出。晚年隐居辋川，于奉佛之余，多吟咏山水。他的朋友裴迪、储光羲等，与他往来唱和。《旧唐书》称他："尝聚其所为田园诗，号《辋川集》。"可见他是有意作田园自然诗人呢。

裴迪是关中人，《唐书》称他为王维的道友。到后来做蜀州刺史。他的诗也在《辋川集》里。

还有储光羲，他是衮州人，开元十四年的进士，后官至监察御史，其诗源出于陶潜，质而不俚（见《四库简明目录》）。

李白是唐之宗室，因为居性傲放，不容于朝，遂作一个山林隐士，自适于天地间，足迹遍名山，因之山水的咏作极多。他的天才高，见解也高，真能欣赏自然的美；而文笔又复恣肆豪放，不受任何的拘束，所以他的成就很大。如他的《山中问答》《独坐敬亭山》《自遣》等作，皆为极佳美的自然咏歌。

出于开元死于大历的元结，他是河南人。诗文里多关心社会状况的作品，亦多山水咏写的作品。意态闲适，能用朴素的语言描写对于自然的欣赏。如《石鱼湖上作》《无为洞口作》等皆极可爱。

再稍后一点，一个歌咏自然的诗人，是韦应物，其诗作闲淡简远，人比之陶潜，故亦有以陶韦并称的。

又有一位苦命的文人，那是死在柳州的柳宗元。他因为党王叔文，贬于永州十年。永州的山水佳丽，遇着了悒郁的南逐之客，自然要歌咏自然了。如他底《江雪》之类，便是千古的名作。

由以上略举之例来看，足以表示当时的一种趋势，亦可以知道佛教思想之深入人心，使一般人承认自然的宇宙论与适性的人生观。

第四十节　社会派、怪诞派与脂粉派

社会派

自天宝十四载，安禄山变乱以来，兵连祸结，天下鼎沸，人民陷于水火之中。伟大的诗人们，将自己所身受的，所观察到的，一一捉进诗篇中。这便是社会派的诗人，以杜甫为代表作者。

在安禄山变乱以前，他正是壮年，颇有功名的思想，想作一个致君于尧舜的重臣，那时候他想不到自己会成功一个不朽的诗人。到社会变乱以后，引起他悲天悯人的心肠，于是把苦难的时代，尽量装进诗囊里去。最著名的诗篇，便是"三吏"与"三别"，把当日的战乱，如画的绘在纸面上。

他的这些作品，全根据于他伟大的同情心。他那《茅屋为秋风所破歌》，就可以见到他所见者大，不惟感到自己的困苦，而且感到他人的困苦。

在晚年的作品，生活虽穷，毕竟是安定了。所以写诗已多趋于游宴之乐，闲适之作了。如《秋兴》等作，即是这一期作品。

杜氏写诗不苟，是可以提到的。他常说"文章千古事，得失寸心知"，又说"语不惊人死不休"，这都可以见到他写诗态度之慎重。

后于杜甫，堪称为社会派诗人的，白居易是一个。他的诗可剖为四方面看：

（1）讽喻　（2）闲适　（3）感伤　（4）杂律

他最看重的是讽谕诗的新乐府五十篇，凡九千二百五十二言。其自序云：

　　总而言之：为君、为臣、为民、为物、为事而作，不为文而作也。

这可见他作诗之主旨了。所以如《卖炭翁》《新丰折臂翁》《秦中吟》十首等，都是表现着社会的病。

在闲适感伤的诗中，也有许多感情真实的作品，如《长恨歌》《琵琶行》之类，而且对于后代也有极大的影响。

居易的诗风，平易明畅，是其特点。传说日常作诗，总有老妪为他听解，如若老妪听不懂，那是不能认为定稿的。

白氏有一位诗友，顺便也说在这里，他是河南人元稹。元白的诗，天下传讽，号"元和体"。宫中妃嫔皆习诵于口，称之曰"元才子"。他的诗约可分之为两大类：

（1）讽诗 ｛ 古讽 乐讽 律讽　　　（2）非讽诗 ｛ 古体 律体等

当日他的诗与白氏的诗流传极广，元稹《白氏长庆集序》云：

予于平水市中，见村校诸童竞习诗，召而问之，皆对曰："先生教我乐天、微之诗"，固亦不知予之为微之也。……自篇章以来，未有如是流传之广者。

由此可知元白的诗，当日风行天下。元氏有名的诗，如《连昌宫词》《织妇词》《田家词》等均是。

怪诞派

中唐以后，诗歌又开辟出新的境地，无论用字、押韵、取材、作法，皆以奇僻怪诞为特色。韩愈是一个文章改革运动家，能文而不能诗，当日称"韩笔孟诗"可以知道。韩愈为诗虽时为有韵之文，其独特处，在另辟一径：爱用奇辞险句，力出陈言。欧阳公称为"因难见巧，愈险愈奇"。所以如此的，大概由于为文之影响的。还有的说，他是专学杜甫之奇险处的。他的诗作如

《嗟哉董生行》《答孟郊》等是。

和韩氏同道的，有卢仝、孟郊、贾岛、李贺诸人，他们都是刻意求工，要险峻，要寒瘦。卢仝自号"玉川子"，与韩愈同唱和。

与韩愈为忘形交的孟郊，长于五言，不作长诗，字字出之以苦思的。他喜写穷愁之状，喜绘寒饥之态，如他的《寒地百姓吟》《饥雪吟》《出东门》《寒溪》等都是。故古人评他的诗为"郊寒"。

与孟郊齐名的贾岛，最初被赏识于韩愈。"推敲"的字眼，便是由他作诗而来的。他曾经作过两句诗，自注道：

> 二句三年得，一吟双泪流。知音如不赏，归卧故山秋。

这可以见到他苦吟之状。

又李贺七岁能作《高轩过》，辞多奇诡，未尝得题，然后为诗。人称为"鬼才"。

脂粉派

到晚唐，因为五七言诗已发达到极峰，所以又分化出脂粉派来。这一派以李商隐、温庭筠为首领。商隐诗以华艳称，《唐才子传》评为：

> 如百宝流苏，千丝铁网。绮密瑰妍，要非适用之具。

此可见其用笔之细密。他有不少恋爱诗，都写着"无题"。又常用诗中的头二字为题，如《锦瑟》《为有》《一片》等是。

温庭筠呢，诗律、词藻与李商隐相同。幼年敏悟，有文名；

惟行为不检，为当时人所轻。他的作品尽是俳辞艳曲，真是斑斓辉煌。他词的成就比诗还大，俟下章再述。

在温李稍前的一位小杜，叫杜牧的，也是一位秀丽的作家。他为人浪漫不拘，曾有"十年一觉扬州梦，赢得青楼薄幸名"的艳语。

在温李以后，韩偓、段成式①、吴融、唐彦谦、皮日休、陆龟蒙等都深受温李之影响的。至于宋代，西昆诗派之形成，也以温李为宗。

本章参考书

（1）《唐百名家集》（清）席启寓刻

（2）《全唐诗话》（宋）尤袤（《历代诗话》本）

（3）《白话文学史》十一、十三、十四、十六章胡适著（新月本）

（4）《中国大文学史》卷六、卷七 谢无量著（中华本）

---

① 编者按：段成式与温、李同时，齐名于二人。原文如此。

第十六章　唐代的传奇

第四十一节　传奇兴起的背景

唐代是诗歌绚烂的时代，也是传奇蔚然兴起的时代。这些传奇在唐代文学中放一异彩，其价值堪与诗歌并称。而影响于后代的更大，元明间多少北剧南曲，全依据于此而演变成的。推究其兴起的背景，不外以下的数种原因：

古文的振兴

传奇在隋唐间已有踪迹，到大历、元和以后才至于鼎盛。而促成其生长的，要归功于韩柳等的古文运动。古文运动的目标，在打倒那古典派的骈俪文，因为骈俪文只知道注意字句，偏重形式，对于叙事状物都不是适宜的工具。为古文的要辞必己出，要言之有物，为文时无形中铸成一种新的姿态。他们既然承受了前代小说的遗产，又得到文体之新的解放，自然会走上一条新的途径。柳宗元是描写客观的山水文学的圣手，他的游记清俊可诵，前人美之曰"无韵之诗"。柳氏山水游记文之所以成功，多半由于新文体之解放。在叙事文之发展，便是传奇的制作。譬如沈既济是一位著名传奇的作者，他是受古文派萧颖士影响最大的。又沈亚之是韩愈的门徒。韩愈自己也写着游戏文章《圬者王承福传》《毛颖传》之类，柳宗元亦有《种树郭橐驼传》《梓人传》等的制作。其他陈鸿、元稹、李公佐之徒，皆直接或间接与古文运动有关。所以我们说传奇的兴起与文体的解放是有关系的。

时代的促成

唐代在中叶以后，藩镇节度使非常跋扈，割据一方，不奉天子之命。既然各有独立的趋势，于是为了自卫与发展，各蓄死士，以从事暗杀，剑侠得以横行天下，成为一时的风尚。例如，元和十年，刺客杀宰相武元衡，伤及裴度。开成三年，盗刺宰相李石，马逸得免于难。前者是镇州节度使王承宗所遣，后者为宦官仇士良所遣。就是杨巨源的《红线传》，也是借潞州节度使、魏博节度使、滑台节度使三镇的情势，内中贯以红线的。所以剑侠的传奇，就一日多一日。

到了唐之末叶，军人益为横暴，互相吞并、战争，天下骚然，民间受苦益甚。于是在无可奈何之中，有些富于思想的文人，便造作出种种剑侠的故事，聊以解恨。以横绝无敌的精技来除暴安良，来报仇雪恨。

再者鬼神志怪的小说，已盛行于南北朝，到唐代佛教的势力未衰，道教的势力抬起头来。所以志怪的记载也不断的产生。

杨贵妃也是一件艺术品，她生前的娇艳与死后的悲惨，给与文人们不少的哀悼与歌咏。自她的事迹公布天下以后，遂启出佳人才子派的传奇。有些文人们写自己的风流韵事，有些文人们陈述传说的故事，还有的假藉故事以寄托作者之情怀的。这是艳情派传奇之所由生。

第四十二节　传奇的类别

别传

别传是关于史外的逸闻。据记载，较早的是关于隋炀帝的事，有《海山记》《迷楼记》《开河记》，见于《唐人说荟》，题韩偓撰。《四库全书提要》收于存目中，以其文辞鄙俚，断为宋人依记之作。

次一点是《李卫公别传》，见于《古今说海》，作者佚名，这是叙述李靖微时到龙宫的故事。龙母托他降雨，于是乘云御风，刹时登天，后以违背龙母的吩咐，把他的故乡降到二十尺深的雨水，在滴雨这一段文字写得很是出色。还有一篇《虬髯客传》，明人误为张说所作，实在是蜀道士杜光庭所写的。写李靖怎样认识红拂妓，红拂妓投奔之后，又逃往太原，道遇虬髯，并见李世民。笔墨生动，情境并达。

陈鸿撰的《东城老父传》，见于《唐人说荟》。这是记载玄宗时代盛行的斗鸡之事。贾昌是一个少年，善解鸟语。以斗鸡为玄宗所宠爱，称为"神鸡童"。内中以清明节贾昌在骊山温泉宫指挥斗鸡一段，描写得最好。洪迈评论这篇传奇云：

> 读此传，玄宗全盛俨然在目，至写昌一段，去国失宠，尤足寓凄感也。

关于玄宗的记载，有郭湜的《高力士传》、曹邺的《梅妃传》、陈鸿的《长恨歌传》、乐史的《太真外传》等，见于《唐人说荟》。《高力士传》无奇可述，颇近于实录。《梅妃传》是叙述玄宗宠妃江采蘋的事。采蘋来自南方，入宫以后，得擅专房。后杨贵妃入宫，爱宠见衰，作《楼东赋》以寄意。安禄山乱后，死于乱兵之手。《长恨歌传》与《太真外传》，都是记杨贵妃的故事。玄宗与贵妃的情爱，是千古词坛的佳话，这里也不用再说。

剑侠

《红线传》见于《唐人说荟》，题杨巨源撰。然此篇亦见于袁郊的《甘泽谣》中，想为袁氏作品。红线原来是潞州节度使的婢女，听说魏博节度使要用兵北犯，于是南下探求虚实。夜三更时分，忽闻晓角吟风，一叶坠落，红线业已归来。原来红线会飞行术，一举走七百里。到了魏博，把节度使枕头内所放置的金盒取了出来。潞州节度使复将金盒送还，于是两方议婚，战争得免。到节度使卧室内偷盒子的时候，记事极其精细，文字亦甚生动，有如看活动电影一般。

《刘无双传》见于《唐人说荟》，题薛调撰。无双幼年许嫁于表兄王仙客。后以兵乱，无双被召入宫，仙客号呼欲绝。未几无双被遣为守候园陵，仙客得瞥见无双之姿，遂请义侠之士古押衙为之设法。后来古押衙以非常手段杀了无双，把死尸送交仙客，灌以汤药，又苏生了。此篇文笔虽甚佳，惟事出离奇。

《聂隐娘》见于段成式的《剑侠传》。叙述隐娘夫妻被魏帅遣使取刘昌裔之首。隐娘一去不返，为刘昌裔所用。魏帅复遣精精儿、妙手空空儿前往，皆被隐娘所毙。未几，隐娘他去。文章简古生动。

艳情

唐代传奇，尤以艳情的为脍炙人口，因为这是人生的事实。譬如《霍小玉传》，就是诗人李益的事。此篇见于《太平广记》（四八七），题为蒋防撰。李益及第之后，自矜风流，思得佳偶。小玉经人介绍，得赋同居之乐。后李益赴任东归，父母已代聘卢氏女为妻。小玉在长安，久不得益信，思念成病。迄李益与卢氏相伴至长安，诡避小玉，使不得知。后遇一豪士，强李益至小玉家，小玉已奄奄一息矣。小玉怨恨异常，责益负心，痛哭气绝。后李益三次换妇，皆未偕老。

《李娃传》是白乐天季弟白行简所作的，见于《唐人说荟》。与《霍小玉传》可以称为双璧。写荥阳公之子在京应试，一日出游，与李娃见，生神魂颠倒，卒得相识。自此日与游处，资财荡尽。娃之姥设计与生脱离。生无计可出，忧愤成疾，衣食无着，佣人作葬歌。后被其父得知，痛殴之，弃之于野。遂沿门乞食，一日偶过娃门，娃为心动，于是求生同居，复劝生勤读，不数年间，及第第一，娃与生皆显贵了。

《章台柳传》见于《唐人说荟》，题许尧佐撰。此篇是叙述诗人韩翃的故事，本于孟棨的《本事诗》。韩翃在落魄时，其友人赠以宠妓柳氏。迄及第后，适安禄山乱，京师大骚动，翃返家省亲。乱平后，遣使求柳氏，柳氏已为蕃将沙叱利所夺。翃闻之后，怅然不乐。有任侠的许俊，驰马沙叱利家，得柳氏而去，柳氏得与韩翃重续旧好。

此外元稹的《会真记》，张文成的《游仙窟》，皆属于此类，略而不举。

神怪

《柳毅传》见于《唐人说荟》，题李朝威撰。说是柳毅在泾阳见一美人，系洞庭龙君的女儿，嫁于泾阳君之次子。因受舅姑虐待，日夜悲苦，请柳毅带一封信回去。后来直至龙宫，洞庭君见书流涕，一宫恸哭。洞庭君之弟钱塘君唤风起云，劈青天飞走，杀了泾阳君的儿子，带回了龙女。钱塘君乘着酒兴想把龙女配毅，毅辞不受，带了珍宝出了龙宫，毅遂成了富翁，两次娶妇皆亡。第三次娶一卢氏女，即洞庭君的爱女。后夫妇并成神仙。

《南柯记》见于《唐人说荟》，题李公佐撰，大意是说淳于棼在槐树之下昼寝，忽为槐安国王的女婿，统治南柯郡的一个梦。槐安国即蚁之世界，如读《庄子》《列子》的寓言一般，很觉有趣，是讥讽人生之营营逐逐的。棼既从梦中醒来，与二客查看蚁穴一段，写得极为精细。

《枕中记》见于《唐人说荟》，题李泌撰，是叙述卢生《邯郸梦》的故事。卢生在邯郸旅舍，借仙翁之枕而寝，在梦中过了五十年的荣华。长夜梦醒，仙翁在旁，主人蒸黄粱之饭尚未熟。意即五十年的荣华，实不过黄粱一炊之梦而已。在干宝《搜神记》中，有焦湖庙祝以玉枕使杨林入梦事，或为此篇所本。

此外又有郑还古的《杜子春传》。子春是一个穷鬼，常常为了饥饿，仰天长叹。适有老人给以钱三百万任其挥霍，二年之后，又变成赤贫。老人复给予钱一千万，三四年之后，又挥霍尽净了。老人又第三次给予钱三千万，子春大为惭愧，尽把钱投于慈善事业，振给孤孀，或助人婚姻葬祭。一年后，子春访老人于华山，经种种试验，才至于仙化。此篇与《大唐西域记·烈士池》一则，所叙大旨相同。又《古今说海》里有《韦自东传》（《太平广记》三五六亦见），所记载的故事亦完全相同。

若黄甫枚的《非烟传》、陈元祐的《离魂记》等，皆略而不及了。

第四十三节　传奇的影响

元明以后的北剧南曲，取材多由于唐之传奇，假如无唐之传奇，也许减少了剧曲的色彩。所以唐之传奇影响于后代是很大的。现在举例分析于下：

（1）《长恨歌传》——后人依据此而制作的有：

A.《天宝遗事诸宫调》——元王伯成作。

B.《唐明皇秋夜梧桐雨》——元白朴作。

C.《采毫记》——明屠隆作。

D.《惊鸿记》——明吴世美作。

E.《长生殿》——清洪昇作。

（2）《霍小玉传》——后人依据此而制作的有：

A.《紫钗记》（《玉茗堂四梦》中）——明汤显祖作。

（3）《李娃传》——后人依据此而制作的有：

A.《曲江池》——元石君宝作。

B.《绣襦记》——明薛近兖作。

（4）《会真记》——后人依据此而制作的有：

A.《莺莺歌》（存《董西厢》中）——宋李公垂作。

B.《商调蝶恋花》——宋赵德麟作。

C.《西厢挡弹词》——金董解元作。

D.《西厢杂剧》——元王实甫作。

E.《西厢传奇》——明李日华作。（此外又有《翻西厢》《续西厢》等）

（5）《南柯记》《枕中记》——后人依据此而制作的有：

A.《南柯记》《邯郸记》（《玉茗堂四梦》中）明汤显祖作。

（6）《离魂记》——后人依据此而制作的有：

A.《倩女离魂》——元郑德辉作。

（7）《虬髯客传》——后人依据此而制作的有：

A.《红拂记》——明张凤翼作。

B.《虬髯翁》——明凌初成作。

（8）《柳毅传》——后人依据此而制作的有：

A.《柳毅传书》——元尚仲贤作。

B.《张生煮海》（见《元曲选》）——元李好古作。

C.《蜃中楼》（见《十种曲》）——清李渔作。

略举如上，此外遗漏当亦不少。

本章参考书

（1）《太平广记》五百卷（宋）李昉等（《笔记小说大观》本）

（2）《唐宋传奇集》鲁迅撰（北新本）

（3）《中国小说史略》八、九两章鲁迅著（北新本）

（4）《中国文学概论讲话》六章三节盐谷温著、孙俍工译（开明本）

（5）《插图本中国文学史》二十九章郑振铎著（朴社本）

第十七章　唐五代的词

第四十四节　词的兴起

词为诗余说

词在旧日亦称为诗余，因为认它是由诗篇中蜕生出来的。怎样蜕生，便是说从泛声处填上实字。我们考察主张此说最早的是《朱子语类》。《语类》卷一百四十《论诗》云：

> 古乐府只是诗，中间却添许多泛声。后来人怕失了那泛声，逐一泛声添个实字，遂成长短句，今曲子便是。

后人常袭用此说，如《全唐诗》之编者关于词下注云：

> 唐人乐府，元用律绝等诗，杂和声歌之。其并和声，作实字，长短其句，以就曲拍者为填词。

此说影响于日本亦大，森氏槐南《词曲概论》即从此说。如云：

> 唐之绝句皆可歌，惟其千篇一律，厌倦生而和声起。和声者，同一绝句，而生节奏长短之别。……于此已知者一点，即文字中仍存在一种填声的文字。七言四

句之外，以声之长短参差随填以实字与本诗相联络。后
人但由其字数去寻绎，乐工之谱虽亡，其曲调犹仿佛能
得见者。此填词倚声之学之始兴也。

这便是说词由于诗而起，把诗之原词间附加以声音。再于声音的
部分，填以有意味的文字。及歌法遗亡，遂有填词。

此外，亦有诗词并存说的，见于汪森《朱竹垞词综序》。彼
以为古诗之与乐府，近体之与词，是分镳并骋，非有先后。汪氏
之意，以有词之形式者，皆可谓之词，即以为凡是长短句之形式
的皆可以称为词。显然的，他忽略了可以歌唱的条件。

新兴乐曲之盛

玄宗是有音乐天才的，而又爱好音乐，所以在盛唐时代，新
兴的乐曲很多，词体之兴起，亦当由于这种原因。据晚唐南卓的
《羯鼓录》上称，玄宗所制之曲，有《诸调曲》，有《色俱腾》
《乞婆婆》《耀日光》等九十二曲名。崔令钦《教坊记》，关于
唐之东西两京之左右教坊，其中曲名，录有《献天花》《和风
柳》以下凡三百三十四种之多，此等乐曲虽亦有前代的，而盛唐
时新兴音乐之盛，可以得知。在这种情形下，在音谱上填入合适
的文字，那是可能的。

《长命女》一曲，开元前已有。大历间，乐工增减节奏，
宜春苑女张红红又正一声，见王灼《碧鸡漫志》。考《乐府诗
集》，载其歌词为岑参五律之前半。《河满子》一曲，为开元中
沧州歌者临刑所进之曲，唐文宗时宫人沈翘翘歌此曲，中有"浮
云蔽白日"之句。想为适合其曲调，而截取古诗的一部分。又有

《罗唝曲》为陈后主以来之曲，中唐越州之妓刘采春能歌之，所歌为五言绝句。大概原曲之节，合于五言绝句之故。因之，我们可以说，如某曲辞是五七言绝句，是五七言绝句合于某曲，其绝句并非表示某曲的音节。

由此，我们可以知道，唐代用的乐曲是非常复杂的，在其间，也常用五七言的律绝诗。到后来便专门称这种可以入乐或合之管弦的歌诗为"词"，即乐曲之辞的意思。故词中也有《南柯子》《三台令》《小秦王》《瑞鹧鸪》《竹枝》《柳枝》等曲，原来都是七言的律绝体。当然的在律绝以外，适应于乐曲的还有不少的词。至于说由泛声中填以实字，那是根据五七言的近体诗而加以想象的话。要知词之起，是适应于乐曲的原故。

第四十五节　唐代词作的考察

词调之起

词的兴起既由于新兴乐曲的观念，则词作最早不能过于盛唐的。普通以为李白的《菩萨蛮》《忆秦娥》二词为词之鼻祖。不过这两首却靠不住是李白作的。考此词之来历，释文莹《湘山野录》有云：

> 初写于鼎州沧水驿楼上，宋魏泰（道辅）爱之。后至长沙，得《古风集》于曾子宣内翰家，乃知为李白所撰。

明胡应麟亦疑此词，以为太白诗集名《草堂集》，宋人撰填词曰《草堂诗余》，是词集中有唐无名氏二首，遂以为白作，见《庄岳委谈》下，并言是词当为晚唐之作。按苏鹗《杜阳杂编》卷下云：

> 大中初，女蛮国贡双龙犀……其国人危髻金冠，璎珞被体，故谓之"菩萨蛮"。当时倡优遂制《菩萨蛮》曲，文士亦往往声其词。

依此，《菩萨蛮》为宣宗大中之初，写女蛮国人之状貌的。其曲辞当亦起于此时，李白不应有此制作。李氏又有《清平乐令》《桂殿秋》等，亦难遽信。

盛唐末，肃宗时之张志和作《渔父词》。其辞曰："西塞山前白鹭飞，桃花流水鳜鱼肥，青箬笠，绿蓑衣，斜风细雨不须归。"此近于七绝，惟于第三句析为三言二句，在志和是发于自然的《渔父歌》，后人用此调造为《渔歌子》。

词调渐备

中唐有称为"三台体"的，是六言四句。韦应物、王建诸人作。又有所谓《调笑令》（一名《宫中调笑》，一名《转应曲》）的，二语相重而起为四言句，次以六言承之三句，再颠倒第四句之末二字用四字句，最后又用六字句押四字之韵，总成六句。韦应物、王建、戴叔伦皆有其辞。王建《三台令》云：

> 池北池南草绿，殿前殿后花红。天子千秋万岁，未央明月秋风。

韦应物《调笑令》云：

> 河汉河汉，晚挂秋城漫漫。愁人起望相思，塞北江南别离。别离，别离，河汉虽同路绝。

此调词意带悲，同音反覆屈折间，生滑稽之趣味。此调名之所由起也。

此后至白居易、刘禹锡，词体渐备。白有《花非花》《忆江南》《长相思》，刘有《春去也》《潇湘神》。韩翃的《章台柳》，又全类《潇湘神》。再者，刘、白二人拟作民间的歌词，有《竹枝词》《杨柳枝》之类，后人亦作为词调用。

词派形成

词在唐末已完全成熟了，第一位大作家是温庭筠。他在词坛上开创一大派别，以绮靡侧艳为主格，以有余不足，若可知若不可知为作风。所谓花间派，即以他为宗。《花间集》内，录其词有六十六首之多。庭筠本是一位音乐家，《唐书》称他："能逐弦吹之音，为侧艳之词。"所著有《握兰》《金荃》二集。惜《握兰集》早亡，今《疆村丛书》内之《金荃集》，恐已非原本了。

今《花间集》内体制达十八调之多。其新创各调有：《南歌子》《荷叶杯》《蕃女怨》《遐方怨》《诉衷情》《定西番》《思帝乡》《酒泉子》《玉蝴蝶》《女冠子》《归自谣》《河渎神》《河传》等。这些多自五七言诗句法产出，与五七言诗句法离异，足见温氏能解声曲，所以能制新调的。

温庭筠之后有韩偓，他的诗作称为香奁体。词亦如其诗，深受温庭筠之影响的。

同时皇甫湜之子皇甫松，也是一个词的作者，《花间集》录其词十一首。作风与温庭筠有别，具疏朗之致。在《花间集》

内，他有一首有意味的诗是《采莲子》：

> 菡萏香连十顷陂（举棹），小姑贪戏采莲迟（年少）。晚来并水船头湿（举棹），更脱红裙裹鸭儿（年少）。

这是一种和声之例，"棹"与"少"为押韵字。不过这种和声，是歌唱时的情形，与前文称和声处填一实字之说并不符合。或者填实字之说即由此而附会的。

第四十六节　五代词一（《花间集》）

陆游《花间集跋》云：

> 诗至晚唐五季，气格卑陋，千人一律。而长短句独精巧高丽，后世莫及。此事之不可晓者。

原来五代文运萎歝，他无可称，惟词体盛行一时，尤以西蜀、南唐为最。西蜀的词，备见于赵崇祚所编的《花间集》中。此集所录十八人，除温庭筠、皇甫松外，几全为西蜀人。都五百首。据欧阳炯序署"时大蜀广政三年"，是此集编成在公元940年，已在五代之后半叶了。

因为集名《花间集》，所以亦称为花间派的词。他们以温庭筠为宗教主，作风是深邃曲折，迷离惝恍。现在略为分析于下：

君后词

当日蜀主有颇能写词的，如前蜀后主王衍有《醉妆词》《甘州曲》等词。吴任臣《十国春秋》云：

蜀主衍奉其太后、太妃祷青城山，宫人皆衣云霞之
衣。后主自制《甘州曲》，令宫人歌之。本谓神仙而在
凡尘耳。后降中原，宫伎多沦落人间，始验其语。

按《甘州曲词》云：

画罗裙。能结束，称腰身。柳眉桃脸不胜春。薄媚
足精神，可惜许沦落在风尘。

又后蜀后主孟昶有《玉楼春》词，"冰肌玉骨清无汗，水殿
风来暗香满"，为人所称道。又《十国春秋》谓后主有《相见
欢》词甚工，惜早已不传。蜀主以外，诸宫妃亦多能词。如李昭
仪舜弦能词，舜弦为李珣之妹，衍之昭仪，尝作宫词，见于黄休
复《茅亭客话》。又有李玉箫亦衍之宫人，能歌衍宫词，见于
《五代轶事》。

又后蜀亡，花蕊夫人费氏作《采桑子》词，题霞萌驿壁上。
至宋又有"四十万人齐解甲"之作，见于陈继儒《太平清话》。

蜀中君主后妃既然独爱好诗词，宜乎许多诗人都集于蜀地。

中坚作者

《花间集》中十余位作者，我们只能拣其重要的略述二三。
韦庄是一个大作家，他的《秦妇吟》诗一出来，时人称之为
"《秦妇吟》秀才"，可见其诗的动人。他的词亦隽逸可喜，有
《浣花》词，收于《王忠悫公遗书》内。他善于写婉恋的离情，
在花间派中算是顶重要的作者。相传他的爱姬为王建所夺，庄曾
作《荷叶杯》一词，姬见此词，不食而死。如其《女冠子》《菩
萨蛮》，皆为有情思之作。

牛峤、牛希济叔侄二人，亦仕于蜀，在《花间集》中峤之词

有三十余首，其胞侄之词仅存十余首。峤之词有俗俚语，似受民歌之影响不少。希济之作，有大家风。

魏承斑的词，有《琼瑶集》一卷，可惜已不存。他的词在《花间集》存十五首，作风明白晓畅，故《柳塘诗话》云：

承斑词较南唐诸公更淡而近，更宽而尽，人人喜效为之。

如《满宫花》《浣溪沙》等作皆佳。

此外和凝是在蜀中的老官僚，《花间集》作二十首，所作诗文甚富。少好为曲子，布于汴洛之间，及入相，契丹号他为"曲子相公"。他的作风直率，《柳枝》《薄命女》之类皆佳。

孙光宪的词在《花间集》中存六十首，著有《北梦琐言》及《荆台》《笔佣》诸集。他的词与温庭筠、韦庄之作，同样的佳妙。如《浣溪沙》《渔歌子》，皆为孙氏优美的作品。

五鬼

当时作者有称为"五鬼"的，他们是欧阳炯、鹿虔扆、阎选、毛文锡及韩琮。所以称为"五鬼"，是当代人不尊崇他们。除韩琮外，在《花间集》内，毛氏有诗三十一首，欧阳炯有诗十一首，鹿虔扆有诗六首，阎选有诗八首。毛氏之词，叶梦得评为"流于率露"，因其用笔多浅率。内中惟欧阳炯堪称一大作家，色采鲜妍，刻画小儿女的情态，尤为动人。

第四十七节　五代词二（《尊前集》）

五代词坛，除西蜀外，又有南唐诸作家。西蜀作品多收在《花间集》内，南唐的作品多收在《尊前集》内。《尊前集》，《四库提要》不著撰人姓氏。按朱彝尊《词综》，据毛晋跋，称顾梧芳撰。《尊前集》共著录九家，都三十三首，现在略述于下：

君主词

第一个要说的是后唐庄宗（李存勖），他即位之后，酷爱音乐，常常自制曲子。《新五代史》（卷四、卷五）有云："既好俳优，又知音能度曲。至今汾晋之俗，往往能歌其声，谓之御制者皆是也。"既能度曲，作品当不在少，惜无人收辑，都散亡了，有《忆仙姿》《一叶落》《阳台梦》《歌头》等。

南唐中主（李璟）有《浣溪沙》《山花子》等词。尝有冯延巳相谑，有"小楼吹彻玉笙寒"的佳话（陆游《南唐书》）。其《摊破浣溪沙》词云：

> 菡萏香消翠叶残，西风愁起绿波间。还与韶光共憔悴，不堪看。细雨梦回鸡塞远，小楼吹彻玉笙寒。多少泪珠何限恨，倚阑干。

王国维《人间词话》独赏识其前两句，以为"大有众芳芜秽，美人迟暮之感"。

南唐后主（李煜）在词坛是有特殊的地位。《人间词话》以为："词至李后主而眼界始大，感慨遂深，遂变伶工之词而为士大夫之词。"又曰："词人者，不失其赤子之心者也。故生于深宫之中，长于妇人之手，是后主为人君所短处，亦即为词人所长处。"这把后主词之特点以及其词之背景，都道了出来。他与中主词在一块儿，有《南唐二主词集》（《晨风阁》本，《名家词》本）。

后主的词作可以分前后两期去看。前期的作品是由繁华欢乐的生活中产出，如《一斛珠》《子夜歌》诸词，绮丽婉妙。后期是亡国之后，日坐困城之中，词句皆从血泪中迸出，如《破阵子》《虞美人》《望江南》《浪淘沙》等是。

文人词

成彦雄与冯延巳同时。在《尊前集》内，彦雄有《杨柳枝》词十首，如"马骄如练缨如火，瑟瑟阴中步步嘶"，意境高远。

冯延巳（一名延嗣）很得后唐中主的信任，有《阳春集》一卷传世。其词蕴藉浑厚，并不一味以绮丽为归，堪与韦庄媲美。其《谒金门》词云：

> 风乍起，吹皱一池春水。间引鸳鸯芳径里，手挼红杏蕊。斗鸭阑干独倚，碧玉搔头斜坠。终日望君君不至，举头闻鹊喜。

语虽浅近，情至深厚，较之五色斑斓之作，有过之而无不及。

其他作者，可以略而不及了。

本章参考书

（1）《花间集》（五代）赵崇祚编（《四部丛刊》本）

（2）《尊前集》（明）顾梧芳编（《词苑英华》本）

（3）《唐五代词选》（清）成肇麟选（商务铅印本）

（4）《词体讲话》铃木虎雄作（《支那文学研究》日本版）

（5）《词史》刘毓盘著（群众本）

（6）《人间词话》王国维（文化本）

（7）《插图本中国文学史》三十一、三十二章郑振铎著（朴社本）

第十八章　唐五代的俗文学

第四十八节　俗文学的发现

发现的历史

时在 1907 年夏天，有一位为印度政府做工作的匈牙利人，他的名字叫做斯坦因（A.Steine）。他到中国西部去考古，及进入甘肃境后，风闻敦煌千佛洞石室内，藏有古代各种文字的写本，于是千方百计，诱骗守洞的王道士，出卖其宝库。结果他满载而归，带去了二十四箱的古代写本，与五箱的图画绣品及他物，统是无价之宝，而写本在中国文化上关系尤大。

这是何等惊人的消息，法国政府听说之后，立即特派伯希和（Paul Pelliot）向中国甘肃进发，到千佛洞又是带了很多的文物走了。这时候，昏庸的中国政府注意了，才行公文到甘肃去提取，除掉写本佛经外，重要的东西已所余无几了。

斯坦因是一个贪心不足的人，不久又来第二次，以重价在民间搜求，所以王道士的私藏也就送上斯坦因的手了，宝藏的千佛洞遂空无一物了。

卷数

除他种文字写本外，汉文的写本，在伦敦者有六千卷，在巴黎者有一千五百卷，在北平者有八千五百卷。散在私家的尚有不少，但无从得知。这万卷写本，尚未全部整理就绪。在伦敦的最重要的一部分，也尚未有目录刊出，其中究竟有多少宝藏，尚不能知道。按写本所署的年月，最早是在中唐以前的，最晚无后于五代的。

第四十九节　俗文学的内容及其影响（一）

在石室内发现的卷数之多，已如上述。关于俗文学一部分，可以分作变文、民间俗曲及词调、民间叙事歌曲三项来说。

变文的意义与组织

变文的意义和演义差不多的。就是把古经典的故事，重新再演说一番，变化一番，使人们容易明白。正和流行于同时的"变相"一样，那是以"相"或"图画"来表现出经典的故事以感动群众的。

变文的组织，是一部分散文和一部分韵文，与翻译的佛经完全相同，不过在韵文一部分变化较多而已。佛经的韵文（偈言）都是五言的，而变文歌唱的一部分则采用了唐代流行的歌体，或和尚们流行的唱文。有五言、六言、三三言、七言以及三七言合成的十言等等的不同。在一种变文内，也往往使用好几种不同的韵文，如《维摩诘经变文》多以七言为主，而常夹入三三言的。

又如《大目乾连冥间救母变文》，大体以七言为主，而又夹杂着六言的。

佛经故事的变文

变文之存于今者，以发现的而言，已有四十余种，现尚陆续在出现。内中有讲唱佛经故事的变文，有讲唱非佛经故事的变文。讲唱佛经故事的变文，最重要者是《维摩诘经变文》。讲唱者把原经放大了很多倍，在文学史上是一部未之前见的长的"史诗"。今所知者，已有二十卷之多，残缺的尚不知有多少。这位伟大的讲唱者，把文字写得又生动，又工致。

《文殊问疾》，罗振玉先生处藏有第一卷。叙述佛使文殊到维摩诘处问疾事。佛先在会上，问五百圣贤、八千菩萨，都不敢前去，结果是文殊应命而去。

《持世界》第二卷，叙述持世菩萨坚苦修行，魔王波旬欲破坏其道行，便幻为帝释之状，从二千天女，鼓乐弦歌，来诣持世修行之所，但持世不为所感等事。其描写极为绚丽。

又有《降魔变文》，本于《贤愚经》，叙舍利佛和左师斗法事。左师凡五次输败，遂服佛家的威力，不复与佛为梗。

此外，《目连救母变文》也应该提到的。此种变文，大概流行甚广，所以有数种不同的本子。大意是叙述佛的弟子目连，出家为僧，借了佛力，得上天堂。及见父亲之后，方知母亲在地狱里受苦。目连经了多少时日，才把母亲救到天堂上。其描写地狱的惨状，令人读后战惧。

其较简短的变文，有《佛本行集经变文》《八相成道经变文》《有相夫人升天变文》等，首尾多残缺，亦不知原名为何。

非佛经故事变文

大概在最初变文是专讲佛经里的故事，但很快的便为文人们所采取，用来讲唱民间传说的故事了。今所知道的非佛经故事的变文，有《列国志变文》，叙述伍子胥的故事；有《明妃变文》，叙述王昭君和番事；有《舜子至孝变文》，叙述舜的故事。这一部的变文，恐怕是最早把舜的故事传说化了的，写历次的那瞽叟受了后妻的鼓弄，要想设计陷害舜，而舜也每次都能逃脱出来，颇富于神仙故事的趣味，大约其中是附加上了不少民间传说的成分。

第五十节　俗文学的内容及其影响（二）

俗曲及词调

在《疆村丛书》中有《云谣集杂曲子》一种，凡录《凤归云》《天仙子》《竹枝子》《洞仙歌》《破阵子》《柳青娘》《渔歌子》《长相思》《雀踏枝》等曲子数十余首（亦见《敦煌零拾》中）。这统是千佛洞里的宝藏品，当是晚唐五代时期无名氏的作品。以前我们见到晚唐的词，都是出于有名的文人之手，多以典雅为归。这些曲子词，虽然也有典雅语，然民间的土气还未失去，这是真正民间的词。如：

尘土满面上，终日被人欺。（《长相思》）

不施红粉镜台前，只是焚香祷祝天。（《竹枝子》）

都可以见其一斑的。

与《云谣杂曲子》同时发现的，又有《叹五更》《孟姜女》《十二时》等民间杂曲。这些杂曲，至今尚流行于世，想不到渊源是这样的古。今录《叹五更》之一节如下：

一更初，自恨长养枉生躯。耶娘小来不教授，如今争识文与书。

此可见其一斑。

叙事歌曲

民间叙事歌曲，今所见者，有《孝子董永》《季布歌》《太子赞》等，都是气魄宏伟的大作，虽然文辞有些粗率的地方，但无害其想象之奔驰与状写之活泼的。

《孝子董永》是叙述董永行孝事。民间熟知的二十四孝，便有董永的一孝在着。是叙董永父母死后，无钱埋葬，乃自卖于富翁家。中途遇天女下降，嫁与他为妻，致富生子后，又腾空而去。全篇皆用七言，别字连篇，间有不成语处。

《季布歌》是叙季布助项羽以敌刘邦，邦得天下后，通缉季布，布卒得以智脱身。

《太子赞》是叙述释迦牟尼出家修道事，以五七言相间成文。

影响

俗曲词与俗叙事诗，不过可以看到当代民间文学的真面目，而有影响于后代的，莫如变文。

宋代的小说，有所谓说话人的"四家"，这四家就是说经、说参、说小说、讲史书的。这种专业的演成，便是讲唱变文的流行与推广。

我们在宋元间所产生的戏文、话本、杂曲等等，都是以韵文与散文交杂组成的。又有宋元以来，流传于民间的叙事诗，如宝卷、弹词之类的体制，也是以韵散交组成篇的。以韵散合组成文来叙述、来讲唱，或演奏一件故事的风气，是如何产生出来的呢？向来只当是一个不可解的谜。现在我们已明白是由于变文而来的。

本章参考书

（1）《敦煌零拾》七卷罗振玉编（铅印本）

（2）《敦煌掇琐》刘复编（中央研究院本）

（3）《插图本中国文学史》三十三章郑振铎著（朴社本）

第十九章　两宋的诗

曹学佺序《宋诗》云："取材广而命意新，不剿袭前人一字。"吴之振序《宋诗钞》云："宋人之诗，变化于唐，而出其所自得，皮毛尽落，精神独存。"这都是称述宋诗的佳妙，实则也不尽然，虽然有些能自出心轴，造句创意，但亦有不免摹仿雕饰之作的，现在略为检讨于下。

第五十一节　西昆体派及其反响

西昆派

宋初的诗，当以九僧诗为首。九僧诗在神韵派诗内，颇有地位，余已在《中国僧伽诗生活》（著者书店）内分析过。九僧之后，当以西昆体的诗为重要。田况《儒林公议》曰：

> 杨亿在两禁，变文章之体，刘筠、钱惟演辈从而效之。以新诗更相属和，亿后编叙之，题曰《西昆酬唱集》。

按是集尚传，内收作者凡十七人之多。惟在亿序称："属而和者，十有五人。"或者以钱、刘为主，所以列于十五人之外吧。诗皆近体诗，上卷凡一百二十三首，下卷凡一百二十五首。然在亿序文中称"二百有五十首"，不知何时佚失二首。

西昆体的诗，专以李义山为宗，以渔猎掇拾为博，以俪花斗异为工。只有华美，缺少气骨。往往窃取义山的诗句，生吞活剥的任用。故刘克庄《后山诗话》云：

> 《西昆酬唱集》，对偶字面虽工，而佳句可录者殊
> 少。

而后来效之的，更"每况愈下"了。

西昆的反响

西昆体至于末流，字句艰涩，令人读后不晓得诗作的意旨何在。欧阳修《六一诗话》云：

> 杨大年与钱、刘诸公唱和。自《西昆集》出，时人
> 争效之，诗体一变。而先生老辈，患其多用故事。至于
> 语僻难晓，殊不知自是学者之弊。

按欧阳修曾为钱惟演的推官，彼此相处很久，所以对于西昆体尚表示相当的好感，然则末流之弊亦顺便道及了。当代尚有"优伶诅扯"的讥讽，石介作《怪说》来排斥。在祥符中遂有下诏禁文体浮艳的事实。

初期反对西昆体的作者，有王禹偁、徐铉、寇準、赵湘、韩琦、范仲淹等人。有的是学白居易诗，有的是学晚唐诗，都能另辟蹊径，一扫西昆体雕缕之习。不过，都还没有伟大的成就。

苏梅欧阳

诗风渐渐变过来了。杰出的便是梅尧臣与苏舜钦二人，叶燮
《原诗》云：

> 宋初诗袭唐人之旧，如徐铉、王禹偁辈，纯是唐
> 音。苏舜钦、梅尧臣出，始一大变。

又说：

> 开宋诗一代之面目者，始于梅尧臣、苏舜钦二人。

这可见他们两位在文学史上的重要，在当日欧阳修亦很称美。欧
阳修《六一诗话》云：

> 圣俞、子美，齐名于一时，而二家诗体特异。子美
> 笔力豪俊，以超迈横绝为奇。圣俞覃思精微，以深远闲
> 淡为意，各极其长。虽善论者，不能优劣也。

按苏舜钦的歌行多雄放，近体诗平夷妥帖。晚年寄生于山水竹石
间，所咏以自然为对象者居多，以轻描淡写之笔法，颇能刻画出
自然的妙趣与枯淡的情怀。如《淮中晚泊犊头》《夏意》等诗，
清丽可爱，为一般人所称赏的。王直方《诗话》云：

> 黄山谷最爱此二诗，累书之，或真草，或大字。

细味其诗，真是清绝可爱。舜钦生前，似乎不甚得志，观欧阳修
《苏子美文集序》可以知道。

晁公武《郡斋读书志》上称梅尧臣云：

> 幼习为诗，出语已惊人。既长，学六经仁义之说，
> 其为文章简古纯粹，然最乐为诗。

而刘性《宛陵先生年谱序》亦云：

> 宛陵先生以道德发而为诗，变晚唐卑陋之习，启盛

宋和平之音，有功于斯文甚大。

按圣俞诗是工于平淡，自成一家，而笔意雄健，尤为难得，他也是善于写景。

当日他的生活虽很潦倒，诗文却行遍天下，一般人也很恭维他。死的时候，王安石作《哀挽诗》二首以吊之，其一云：

> 我得圣俞诗，于身果何如？留为子孙宝，胜有千金
>
> 珠。

诗为当日重视，至于此极。以下要说欧阳修了。

欧阳修之文学韩，诗亦学韩，豪放之处，又似李太白。他的功勋，在于矫诗风之弊。他与梅圣俞有同样的作风，刘克庄《后村诗话》云："梅为之倡，而欧为之继。"叶梦得《石林诗话》亦云：

> 欧公诗好矫昆体，专以气格为主，故其诗多平易疏
>
> 畅。律诗意所到处，虽语有不伦，亦复不问。而学之者
>
> 往往遂失于快直。

这可以看到，他之作诗是平易疏畅的，作近体诗亦不过于拘禁。他自己最满意的作品是《庐山高》及《明妃曲》二篇，有一次酒醉尝作傲语云：

> 《庐山高》，今人莫能为，惟李太白能之。《明妃
>
> 曲》后篇，太白不能为，惟杜子美能之；至其前篇，则
>
> 子美亦不能为，惟吾能之也。

他的自视竟如此之高，实则《庐山高》亦不过学李太白罢了。毕竟欧公天才很高，往往自出胸臆，不肯蹈袭前人，最长的是七言古体。

自从欧公主张削浮华履新运，风气为之一变，一时文士如余

靖、赵忭、李一靓、韩维等，莫不揣摩风尚，追步后尘，从是于复古了。

王安石与苏轼

宋诗至嘉祐间，人才辈出，其中以苏、王为尤著。他如晁、米、张、秦之流，都是天才横逸，作品称快人口的。这一时期的作者，欧阳修都有提拔之功，所以受欧阳公之影响亦很大。

介甫的诗原出于杜甫，造意甚为峻刻。少时所作，颇以意气自许，不复有所含蓄，晚年始悟深婉不迫之趣。他的诗作，前后两期不同，前人业已论过。叶梦得《石林诗话》云：

王荆公晚年诗律尤精严，造语用字，间不容发。然意与言会，言随意遣，浑然天成。

按介甫晚年的诗，小诗最佳雅精绝，脱去流俗。《渔隐丛话》曾拈出数首，称为一唱三叹之作。

东坡的诗，各体皆工，七古尤佳。波澜浩阔，变化不测，意境亦豪放不羁。同时人的批评，当甚可靠。刘克庄《后村诗话》：

东坡始学刘禹锡，故多怨刺；晚学太白，至其得意，则似之矣。然失于粗。

按东坡对于诗人最服膺渊明，有《和陶诗》四卷，写景写物，情意俱尽，吐语皆快健。

第五十二节　江西诗派及其反响

江西诗派

江西诗派之说，起于吕居仁。绍兴中，居仁自岭外归，取近世以诗知名者二十五人，谓皆本于山谷，图为"江西宗派"。自山谷以降，列陈师道、潘大临等，若释子之传衣钵然。

二十五人中，有诗名者亦不多，惟黄山谷堪与苏轼并称。山谷在苏门六君子中，本来是以能诗名的。其门人亲党，有"言文首东坡，论诗右山谷"之语。东坡常称其诗文，以为"超轶绝尘，独立万物之表，世久无此作"。庭坚在当日之被重视如此。他如陈师道的诗格甚高，论者谓其学杜甫有得，少为曾南丰所知。东坡爱其才，欲牢笼于门下不屈。居仁《江西诗派图》，既以陈氏嗣山谷，自为同辈所不及的。山谷诗有"闭门觅句陈无己"之句，可以见其才思甚迟。

吕居仁著有《东莱诗集》《敖陶孙诗评》。《朱子语录》称居仁论诗，欲字字响，而暮年诗多哑。

四大家

南渡后，在四大家前的，有叶梦得和陈与义二人，他们大体也不越"江西派"之势力，不过亦并非全事模仿。叶梦得的诗，平淡有意气，萧散不俗。陈与义的诗，简严，不尚繁缛，因为他目睹中原板荡，流落湖南，所以诗中深于寄托。

稍后一点的，便是陆游、尤袤、范成大、杨万里等，号称四大家。四大家的诗，皆得法于曾几。几之为诗，效法黄庭坚，所以四家的诗也是出于"江西诗派"的。

杨万里常自叙其诗云：

> 始学江西诸君子，又学后山五言律，既又学半山老人七字绝句，晚乃学绝句于唐人。

观此可以知其为诗之渊源了。他的为诗之状态，周必大尝跋其诗云：

> 诚斋大篇短章，七步而成，一字不改。皆扫千军，倒三峡，穿天心，出月胁之语。至于状物姿态，写人情意，则铺叙纤悉，曲尽其妙。笔端有口，句中有眼。

按诚斋诗往往杂以俗俚之语，而意境幽峭。

陆游的诗，以七言律为最佳。他的祖父是陆佃，佃学于王安石，有《陶山集》，所以他或者得一些家学的传授。《四库提要》曰："游诗法传自曾几。"他作的《吕居仁集序》，又自称源出居仁。这可见其与"江西派"之关系。

他的诗很清新，运笔圆润，不袭黄、陈的旧格，能够自辟一宗。不过亦有可议的地方，《曝书亭集》摘其自相蹈袭的，至一百四十余联，大概一个诗人，利钝互见。像他作诗多至万余首的魄力，亦为很少见的了。

范成大的诗，初学中唐，晚年效步苏黄，杨诚斋盛称其诗云：

> 缛而不酿，缩而不窘。清新媚妩，掩有鲍谢，奔俊逸伟，穷追太白。

按石湖才调稍弱，气象欠宏阔。

反江西派的四灵

尤袤《梁溪集》久佚，今所传诗，惟尤侗所辑一卷，篇什寥寥。南渡以后，诗人多宗法"江西派"，于是四灵应运而起，独树异帜。所谓四灵，是徐灵辉（昭）、徐灵渊（玑）、翁灵舒（卷）、赵灵秀（师秀）等四人，都是永嘉人，皆出于叶适之门下。四个人的诗格，亦复相类，反对"江西派"，宗唐之贾岛、姚合、刘得仁诸诗人。其门徒亦多效之，有八俊之目。

《四库》徐照《芳兰轩诗集提要》云：

> 四灵之诗，虽镂心鉥肾，刻意雕琢；而取径太狭，终不免破碎尖酸之病。

按四灵诗，长于近体五言，风调浏丽，读之令人爽口沁心。由是，江湖之士多厌恶"江西派"粗厉之音，起而从之。后来陈起纂为《江湖群贤小集》，以资鼓吹。而诗之境界，遂为大变。因亦号为"江湖派"。

严羽

四灵矫"江西派"之弊，归宗晚唐；及严羽出，矫"江西派"之弊，力主盛唐。彼著《沧浪诗话》，首诗辨、次诗体、次诗法、次诗评、次诗证。叙述颇有条贯，大抵以盛唐的诗作，主于妙悟。故用禅理说诗，自《沧浪》始。清初之"神韵派"，即本于此而演成。

严羽之论，反复论说，若有所得。惟是他的制作，反得唐人的皮毛，颇少超拔警策之处。

本章参考书

（1）《宋诗钞》（清）吴之振编（商务铅印本）

（2）《西昆酬唱集》（《四部丛刊》本）

（3）《江西诗派小序》（宋）刘克庄著（《历代诗话续编》本）

（4）《宋诗之派别》陈延杰作（《中国文学研究》）

（5）《文学革命的两个影响》董启优作（《文学》二卷六期）

第二十章　两宋的词

词自唐五代至于两宋，已发达到登峰造极的境界；后此的制作，在量的方面说虽然很多，而质的方面，却无甚更新的创造了。唐五代的词与两宋的词亦略有差别，以体制言，唐五代的调，除去《鱼游春水》一两个长调以外，差不多完全是小令。到了宋仁宗的时候，慢词（长调）就渐渐的兴起了。柳永是一个最早的创制者（见吴曾《能改斋漫录》）。以内容言，唐五代的词，多离愁别恨、流连光景之作，偏于儿女的方面；到了宋以后，作者往往自抒心怀，抱负的不凡，个性的表现，全都可以借词体来发扬，把词体的内容扩大起来。单就两宋词的作风上看，亦可以分为婉约派、豪放派与闲适派，现在略为解释于下。

第五十三节　婉约派

所谓"婉约派"，就是作者表现普遍的情感，词意蕴藉，以"香软"为归。这一派是沿唐五代之作风的，论者称为词的正体。在两宋的词，当然很多，我们只能拿足以代表一派作风的大作家来谈谈，较次的只好不讲了。

浑厚与俗俚

北宋婉约派的作家，最先要提到的，是张先与柳永。张氏的词意浑厚，柳氏的词意俗俚。他俩都是对于慢词有大贡献的。张氏的词情致隽永，而才气不足。他的慢词，以《谢池春慢》为最著名，一时传唱几遍。张氏有"张三影"的绰号，杨偍《古今词话》（赵万里校辑）云："有客谓子野曰：'人皆谓公张三中，即心中事、眼中泪、意中人也。'公曰：'何不目之为张三影？'客不晓，公曰：'云破月来花弄影；娇柔懒起，帘押卷花影；柳径无人，堕飞絮无影。'皆公得意句也。"有《安陆集词》一卷传世。

与张先作风相同的，又有欧阳修与晏氏父子。欧阳氏的诗是散文化，不作绮艳语。他的词却与诗不同，论者谓出于冯延巳，可是更加沉着自然一点。周济《介存斋论词杂著》云：

> 永叔词只如无意，而沉着在和平中见。

即是说的这种道理。他的词集有三卷，其中有很多的词，与冯延巳相乱。其劣者，有人说是刘辉伪作的（见《西清诗话》）。

晏殊幼时称为神童，一生官运亨通，所作婉约清丽，与冯延巳相似，有《珠玉词》传世。

殊之幼子几道，亦能词，有《小山词》传世。黄庭坚《序小山词》云：

> 其乐府可谓狭邪之大雅，豪士之鼓吹。其上者，《高唐①》《洛神》之流，其下者，岂减《桃叶》《团

---

① 底本作"高堂"。

扇》哉？

黄氏并非说他是轻薄子。大概他的词作，风调闲雅，轻清可爱，读起来往往能动摇人心。他父亲著名的词，如《浣溪沙》《诉衷情》之类。他著名的词，如《临江仙》《生查子》之类。

柳永本为词人，终以词句相累。他官至屯田员外郎的时候以《鹤冲天》词的："忍把浮名，换了浅斟低唱"句为仁宗所斥。后又奏《醉蓬莱》词，以一字不惬仁宗意，遂罢不复用，嗣后便专致力于词作了。他的词，最爱用俚语，传遍人口。叶梦得《避暑录话》有云：

> 柳耆卿为举子时，多游狭邪，善为歌辞；教坊乐
> 工，每求永为辞，于是声传一时。尝见一西夏归朝官
> 云："凡有井水处，即能歌柳词。"

这可见其词的势力之大了。他最有名的词，如《八声甘州》《夜半乐》《雨霖铃》等是，有《乐章集》九卷传世。

秀媚

苏门四学士中，词派多与苏轼不同。其中最杰出的词人为秦观，他也是婉约派的健将，词意秀媚可爱，有《淮海集》三卷传世。他词和柳永的词风格很相近，柳永的词能通俗，但风格不高；秦观的词，意境稍胜于柳词，但有时还不免于俗气。同时的人，常批评他。晁补之有云："近来作者，皆不如少游。如'斜阳外，寒鸦数点，流水绕孤村。'虽不识字人，亦知是好言语也。"

又李清照亦云：

173

　　　　秦专主情致，少故实。譬诸贫家美女，非不妍丽，
　　终乏富贵态耳。（见《渔隐丛话》引）
总之，他的词是凄婉哀怨的。虽常出以平语、浅语，然皆甚有
情致。

　　周邦彦是一个大音乐家，徽宗时候大晟府（即乐府），便是
他主持的。他的词因为多写儿女之情，故后人往往把他和柳永并
论，所谓"周情柳思"。似乎周氏的风格比柳永为高。他又善用
唐人的诗句入词，人亦不觉其蹈袭。张炎《词源》有云：

　　　　美成词，浑厚和雅，善于融化诗句。
又《四库全书提要》云：

　　　　邦彦于南北宋间，为词家大宗。所作精深华艳，气
　　格浑成，熔铸成语如己出。此由笔力高妙，不但以娴于
　　音律见长也。
这都可以见到周氏词作的风格。王国维《人间词话》勖为第一流
的作家。大概言之，他的言情体物，穷极工巧，为一般人所不
及，有《片玉词》二卷传世。

哀艳

　　南北宋之间，有一位女流作家在文坛上颇有地位的，那是李
清照。清照是李格非之女，早有文名。后来嫁给赵明诚为妻，明
诚早卒，她漂泊江南，一身孤零。在这样凄凉的身世，自然要把
感怀寄于篇章之上了。

　　她的词多用白话，与周邦彦不同，但是造语清新，其成功则
一。她的意境超妙是她词的特长，所以张端义《贵耳集》云：

　　易安居士以寻常语度入音律，炼句精巧则易，平淡

入调者难。

她对于词体造诣很深，眼光也很大，北宋诸词人，她都有不满意
的评论。她底《声声慢》《武陵春》是最有盛名的篇目，有《漱
玉词》一卷传世。

　　比李清照前一点，还有位女词人，是朱淑真。因所嫁非人，
不得志而殁。她底《断肠集》词，非常的凄婉。（《四朝诗集》
说她是南宋人。）

　　人往往以"朱李"并论，况周颐《蕙风词话》云：

　　　淑真清空婉约，纯乎北宋；易安笔情景浓致，意境

较沉博，下开南宋风气。

这也就是两位女词家的差别了。有《断肠集》词一卷传世。

清空

　　南宋最伟大的词人，姜夔要算其中之一了。他精通音律，庆
元五年，进大乐议于朝廷，今载于《宋史·乐志》。又进上他作
的《圣宋铙歌鼓吹曲》十四首，诏付太常收掌。因为他精于音
乐，所以他的词长于音调的谐婉；但往往因为音节而牺牲内容，
有些词读起来很可听，而其实没有什么意义。更有意味的是他的
词序比他的词还有诗意，如《扬州慢》的词序、《凄凉犯》的词
序，表现荒凉的景象，皆比原词为佳。此皆由于牺牲意境，而迁
就音乐了。他的词大概很用功夫，如《庆宫春》自序云"过旬涂
稿乃定"，此可以见其一斑了。周济《词辨》有云：

　　　白石词如明七子诗，看是高格响调，不耐人细思。

王国维《人间词话》亦云：

> 古今词人词调之高，无如白石；惜不能于意境上用
>
> 力，故觉无言外之味，弦外之响。

这都是说他的词调高，意境差。总之，读他的词是有清空超脱之妙趣的，虽然词句间有生硬处。《白石词集》五卷传世。

到宋末尚有张炎，专宗姜夔，反对吴文英，有《山中白云词》八卷传世。主张词要清空，不要质实。因为他处于宋元之际，身世凄凉，所以多凄怨之音，这是姜夔所没有的。疏宕有余、清劲不足，是他的评语。

又有王沂孙，有《碧山乐府》二卷（又名《花外集》），亦属于这一派。他的词感慨较张炎为深，修辞的清疏不如张炎，而厚重过之。

生硬

吴文英的词在当日亦颇风行，尹焕作序云：

> 求词于吾宋，前有清真，后有梦窗，此非焕之言，
>
> 乃天下之公言也。

因为周邦彦和吴文英都是音乐家，所以相提并论。但以文学的眼光去看，吴便远不如周了。《梦窗四稿》中的词，几乎无一首不是靠古典堆砌而成的。张炎《词源》云：

> 吴梦窗词，如七宝楼台，眩人眼目。拆碎下来，不
>
> 成片段。

这话大致是不错的。

吴文英的嫡派是周密，有《蜡屐集》《草窗词》二卷（一

名《蘋州渔笛谱》），他也是只知在字句上下功夫，而忽略了意境。

　　婉约派在两宋，此外还有贺铸、史达祖的浓艳，蒋捷的纤巧等，都略而不及了。

第五十四节　豪放派与闲适派

　　自晚唐五代以来，词作多以香软为归，所以两宋婉约派的词，常目之为词体的正宗。既然有正宗，便当有别体，所谓别体，即是倡导豪放派的苏轼与辛弃疾。所谓正宗派的词，内容多为儿女相思、流连光景之作；虽技术有巧拙，而情境久在觉俗。豪放派举宇宙间所有万事万物，凡接于耳目，而能触发吾人情绪的，无不举而纳诸词中；所有作者的性情抱负、才识器量，以及喜怒哀乐，无不可在词中表现出来。至于修辞方面，正宗派率以雅丽为宗，风月流连，金碧炫眼，用字要加意锻炼，字字要敲打得响。豪放派则所有经史百家之言，及至梵典俚谚，皆不在被摈之列。关于声律方面，正宗派是填词时，字音的轻重清浊，必得考究，到南宋，知音律的词人，尤斤斤于此。豪放派以为声律严而才气受拘，乃非天才的作家所能堪，于是纵笔所之，不惜拗折天下人的嗓子，这便是豪放派词的特征。现在我们先看倡导者的词作内容。

豪放派的倡导者

　　这一派，自然以苏轼为倡导者，当时香软的词风，已发达到最高点，已由伶工之词变为士大夫之词了。所以东坡所作，一变正宗派的面目。胡寅《酒边词序》云：

> 眉山苏氏，一洗绮罗香泽之态，摆脱绸缪婉转之
> 度，使人登高望远，举首高歌，而逸怀浩气，超然乎尘
> 垢之外；于是花间为皂隶，而柳氏为舆台矣。

这可以见东坡词之情景。又皇甫枚《玉匣记》云：

> 子瞻尝自言，生平有三不如人，谓著棋、吃酒、唱
> 曲也。然三者亦何用如人，子瞻之词虽工，而多不入
> 腔，盖以不能唱曲故耳。

又王灼《碧鸡漫志》云：

> 东坡先生非醉心于音律者，偶尔作歌，指出向上一
> 路，新天下耳目，弄笔者始知自振。

观此，则东坡词之不尽协音律，是不可否认的事实，亦不必否认。大概他无暇在字句上用锻炼的功夫，不能轻圆妥溜，适合于歌喉。然他的词作，毕竟不失为豪放，如俞文豹《吹剑录》上的形容：

> 柳郎中词，只合十七八女郎，执红牙板，歌杨柳岸
> 晓风残月；学士词，须关西大汉，铜琵琶，铁绰板，唱
> 大江东去。

东坡的词在当时亦很流行，相传鬼歌《燕子楼》，足见他词作之为一般人所传诵了。有《东坡乐府》三卷传世。

附和者

在南宋与东坡风格相同者有辛弃疾，后人谓之"苏辛"。弃疾生时已南渡十余年了。他对于国家的观念很重，终于脱离金

家，跑到江南。后来屡次想恢复中原，未能成功。他词的豪放，亦由于壮志未遂的缘故。或者他是受到苏轼的影响，他的修辞和不讲音律，与轼相同。也是庄骚经史无不被他驱使，曲律也是缚不住他的。本来诗可以脱离音乐而独立，词当然也可以脱离音乐而独立。在苏辛不过把词当作一种新兴的诗体罢了。以苏辛并论，大概魄力之大，苏不及辛；气体之高，辛不及苏。以影响于后代言，苏不及辛之大。比较可以认为苏轼嫡派的，要算晁补之一个人。普通所认为辛派的词人，有岳飞、刘过、刘克庄之属。岳飞的《满江红词》为士人所传诵，然其沉郁苍凉之致，实远不及《小重山词》，同为英雄失志的不平鸣。刘过本为辛弃疾的门下客，他的词作多壮语，亦完全是学辛氏的，他底《六洲歌头》之类，有《龙洲集词》一卷。刘克庄有《后村集别调》一卷，他的词与刘过一样，豪放丽逸，但亦间失之粗犷。

闲适派的作者

闲适派的词与豪放派的词为近，不过其中也有出入。拿材料方面说，豪放派多发表政治上或功名上的感慨；婉约派多叙述儿女的情怀；闲适派便多以山水为背景，写出作者潇洒的胸襟。在修辞方面说，豪放派是文野全所不计，婉约派是注重美丽，闲适派是注重淡雅自然。

第一个要说的是朱敦儒，他有《僬较集词》三卷，名《樵歌》。汪叔耕说："希真词多尘外之想，虽杂以微尘，而其清气自不可没。"《花庵词选》称他："天资旷逸，有神仙风致。"

大概他的词与陶潜的诗差不多少吧。

第二个要说的便是陆游。陆游的作风是多方面的。杨慎《词品》云：

纤丽处似淮海，雄快处似东坡，予谓超爽处更似稼

轩耳。

所谓超爽便是闲适。他的艳丽词，可以《钗头凤》为代表；豪放词，可以《沁园春》为代表；《好事近》诸词，便可以代表他闲适的作风了。

陆游是有政治上之理想的，所以他的闲适词中，有时还带有幽咽之音，这是他与朱敦儒不同的地方。

再有一点应注意的便是各家小令，多以闲适见长。这里所说的朱、陆的词，也是以小令为多。

本章参考书

（1）《宋六十一家词》汲古阁编刻（广州刻本）

（2）《词综》三十四卷（清）朱彝尊编（坊刻本）

（3）《词选》胡适撰（商务本）

（4）《中国诗词概论》第十章刘麟生著（世界本）

（5）《苏辛派词之渊原流变》龙沐勋作（《文史丛刊》第一集）

（6）《论北宋慢词》张友仁作（《中国文学研究》）

（7）《词史》刘毓盘著（群众本）

第二十一章　宋代的话本

第五十五节　话本的产生

变文的影响

讲唱变文的风气，到宋代已渐渐的消沉了。变文的体制流入民间，却分化为种种不同的新文体，如鼓子词、诸宫调之类，都是新兴起来的。讲唱变文的习惯，还保存在类似变文的新文体中。惟是讲坛的所在，已不仅限于庙宇之中了；讲唱的人物也不仅限于禅师们了。当日的风气，可谓盛极一时：讲唱的人物，牛鬼蛇神，无所不有；讲唱的题材，更是上天下地，无所不谈。这种风尚，在晚唐渐渐兴起，南宋业已盛行，元明以至于今日，民间的讲唱之风，尚未完全消灭。在民间的讲坛上，"说话"颇有权威。"说话"已成了许多人专门的职业。说话人自己要用一种底本，那便是当日称为"话本"的，也就是所谓"评话"。

说话的考察

上边所说的说话，也就是说书的意思。普通以为这种风气，始于宋仁宗时，是宫廷中一种行乐的事情。如郎瑛《七修类稿》云：

> 小说起宋仁宗时。国家闲暇，日欲进一奇怪之事以娱之，故小说"得胜头回"之后，即云"话说赵宋某年"。

一般人多相信此说，其实所记，未为的当。如李商隐《骄儿诗》云：

> 或谑张飞胡，或笑邓艾吃。

似已有演说张飞、邓艾的故事了，此即后世《三国演义》之所本。是说书已见之于唐末了。

迄仁宗后，苏轼记王彭论曹刘之泽云：

> 涂巷小儿薄劣，为其家所厌苦，辄与钱，令聚坐听说古话。说至三国事，闻玄德败，颦蹙眉，有出涕者；闻曹操败，辄喜跃畅快，以是知君子小人之泽，百世不斩。

这也是说《三国志》。由上看，说书在唐末北宋是已很盛行了。

说书有四家

灌园耐得翁的《都城纪胜》，记当时说书的情形，分为四派。其文云：

> 说话有四家：一者小说，谓之"银字儿"，如烟

粉、灵怪、传奇、说公案，皆是捗刀赶棒及发迹变泰之
事。说铁骑儿，谓士马金鼓之事。说经，谓演说佛书。
说参请，谓宾主参禅悟道等事。讲史书，讲说前代书史
文传、兴废争战之事。

按文中所讲银字儿、说公案、铁骑儿，皆包括于小说之内。以小
说为一家，说佛经为一家，说参为一家，讲史书为一家，故称为
四家。

当日说书人已成为专门的职业了。周密《武林旧事》关于说
书人的姓名人数都记了下来。

（1）演史——自乔万卷以下到陈小娘子，凡二十三人。

（2）说经诨经——自长啸和尚以下到戴忻庵，凡十七人。

（3）小说——自蔡和以下到史蕙英（女），凡五十二人。

（4）合笙——双秀才一人。

《武林旧事》所列这四家，与前略异。其中以说小说为最盛，内
中又分门别类，似乎每类各有专家，故专家多至五十余人。演史
似乎也很受欢迎，《东京梦华录》记载着霍四儿、尹常，以说三
分、五代史为专业的。

当日说书的也很有组织，称为某社某社。据《武林旧事》，
当时杂剧有"绯绿社"，小说有"雄辩社"等。至今苏州的说书
人，还有光裕社、润裕社等名目，门户非常的分明，社规非常的
严厉，这大概是"雄辩社"的遗风。

像这种情形，说书的风气既这样盛，说书的人又这样多，他
们讲唱任何一种的时候，自己都得备一个稿本自己用，这些稿本
就是所谓的"话本"，在文学史上颇有价值的东西。

第五十六节　话本的流传与其内容

篇目的考察

当日所称四家的说书，若合笙（民间唱调之一）与说经、说参的二家所用的稿本，业已只字无存。讲史最初的稿本，也已无传，惟其演流甚大，亦应注意及之。至于小说，传于世者尚多，我们很容易见其本来之面目。为一般人所熟知的，大概如下的三种：

（1）《宣和遗事》——此本著录于钱遵王《也是园书目》里，黄荛圃《士礼居丛书》收入二卷本，商务印书馆有四卷足本。

（2）《京本通俗小说》——此本有江东老蟫据元人写本影印（自十卷至十六卷，以前缺），末有老蟫跋，谓原本尚有钱遵王图书，想即也是园中物。其中共七卷，目录如下：A.《碾玉观音》；B.《菩萨蛮》；C.《西山一窟鬼》；D.《志诚张主管》；E.《拗相公》；F.《错斩崔宁》；G.《冯玉梅团圆》。末两卷亦见于《也是园书目》。

（3）《大唐三藏取经诗话》——此书中国久已失传，日本三浦将军藏有宋刊本，罗振玉据以影印。这是关于小说的部分，还有一种讲史的稿本，那是《新编五代史平话》，此书初亦无人注意，清光绪时，曹元直得宋巾箱本于杭州。武进、董康据以影印，才流传于社会。书的内容为讲述五代历史。梁唐晋汉周，各分上下两卷，惜现在缺了梁汉两代的下卷。每代上卷之前，各有目录，惟梁代见缺，然亦无法校补。

在此等篇目以外，仍可信为宋人小说的，有以下几种：

（1）《陈巡检梅岭失妻记》——见于《清平山堂话本》。文中有"话说，大宋徽宗宣和三年上春间，皇榜招贤，大开选场。云这东京汴梁城内，虎异营中一秀才"等句。

（2）《合同文字记》——见同上。文中有"去这东京汴梁离城三十里有个村"等句。

（3）《杨思温燕山逢故人》——见《古今小说》。文中有："至绍兴十一年，车驾幸钱塘，官民百姓皆从"等句。

（4）《沈小官一鸟害七命》——见同上。文中有："宣和三年海宁郡武林门外北新桥"等句。

（5）《汪信之一死救全家》——见同上。文中有："话说大宋乾道淳熙年间，孝宗皇帝登极"等句。

这些人大概都是宋人的话本。外如《张古老种瓜娶文女》《简帖僧巧骗皇甫妻》，见于《古今小说》；《万秀娘仇报山亭儿》，见于《警世通言》；《西湖三塔》，见于《清平山堂话本》。这四种全在《也是园书目》内，认为宋人所作的。

内容

在敦煌所发现的俗文学，口语的成分并不很重。如《唐太宗入冥记》，是人所共知的一本，使用口语的技能却极为幼稚。到宋人话本以后，白话文学已达到成熟的境界。用白话可以描写社会的日常生活，可以叙述骇人听闻的奇闻异事，也可以发挥作者的伤感与议论。这在文学史上是应注意的事情。

至于各种话本表现的内容，归结起来，可以分为两类：

（1）烟粉灵怪的

烟粉就是人情类小说的别称，灵怪是专述鬼神，二者原不相及。然宋人词话往往掺和为一，仿佛烟粉必带着灵怪，灵怪必附于烟粉。所以《都城纪胜》把烟粉灵怪四字合起来写。除《冯玉梅团圆》等寥寥二三篇外，如《碾玉观音》《西山一窟鬼》《志诚张主管》《西湖三塔记》都是如此的。写得最使我们感动的，最富于凄楚之诗意的，要属于《杨思温燕山逢故人》一篇了。

（2）公案传奇的

这一类的小说，纯以结构取胜。一般听众当然是欢迎情节复杂的侦探一类的小说。最好的要属《简帖和尚》一篇，像《错斩崔宁》《万秀娘仇报山亭儿》之类，描写都是很深刻生动的。《合同文字记》《沈小官一鸟害七命》大概著作期较早，内容比较为平衍些。《杨温拦路虎传》，胡适在《宋人平话八种序》上，以"皆是抟刀赶棒及发迹变泰的事"一语，亦隶属于说公案的名目之下。《汪信之一死救全家》和《杨温》也有些同类。

影响

由话本渐渐离开了讲坛，已成为另一种文学的新体了（大概话本另有秘稿）。由《宣和遗事》演化成《水浒传》，由《五代史平话》的体裁又演成《三国志演义》，明以后跟着出了《列国志演义》一类作品。由《三藏取经诗话》扩充成《西游记》，后来小说便越来越多了，体裁也渐有演变了。

本章参考书

（1）《中国小说史略》十二、十三两篇鲁迅著（北新本）

（2）《插图本中国文学史》三十九章郑振铎著（朴社本）

（3）《宋人平话八种》（亚东本）

（4）《清平山堂话本》（明）洪楩编（古今小品书籍刊行会本）

（5）《都城纪胜》（宋）耐得翁撰（《楝亭十二种》本）

（6）《武林旧事》（宋）周密撰（《武林掌故丛编》本）

第二十二章　元代的杂剧

第五十七节　杂剧的渊源和兴盛

渊源

到元代，杂剧是很兴盛的。在元代以前的所谓杂剧那是另一种性质，仅可以视为元代杂剧的渊源。宋代之有杂剧的名目，是很显明的事。如《宋书·乐志》云：

真宗不喜郑声，而或为杂剧词，未尝宣布于外。

吴自牧《梦粱录》亦云：

向者汴京教坊大使孟角球，曾做杂剧本子。

是北宋之有杂剧，殆无可疑的。到南宋继作，所以周密的《武林旧事》所载两宋的官本杂剧段数，多至二百八十本。就此二百八十本去考察，内中用大曲的一百有三，用法曲的有四，用诸宫调的有二，用普通词调的三十有五。到后来，金院本名目有六百九十种，见于陶九成《辍耕录》卷二十五。内中可考知的，用大曲的有十六，用法曲的有七，用词曲调的三十有七。还有一本用诸宫调，体裁与宋官本杂剧段数相似。这种种曲调，都可以认为元杂剧之渊源的。迄元，杂剧另有一种新的组织。与前此戏曲不同之点，约有两端。宋杂剧中用大曲的几半，用大曲的遍数虽多，然通前后为一曲。其次序有一定，不能颠倒。字句有一定，亦不能增减。格律至严，故运用颇多不便。用诸宫调的呢，不拘于一曲，同在一宫调中的曲都可以用。但是一宫调中，虽或有联至十余曲的，大抵皆用二三曲而止。移宫换韵，转变至多，故稍有欠于雄肆。元杂剧则不然，每剧皆用四折，每折易一宫调。每调中之曲，必在十曲以上，所以较大曲为自由，较诸宫调为雄肆。此在乐曲上的进步。其第二进步，为由叙事体变为代言体。宋人大曲，就现存的去看，皆为叙事体；金之诸宫调，虽有代言之处，大体也是叙事的。元杂剧于科白中叙事，而曲文全为代言。故又可称为戏曲上一大进步的。

以上是元剧形式上的进步与其渊源。按其取材而言，亦多袭用古剧。《宋元戏曲史》曾附有考察表，著其与古剧名相同或出于古剧的共有三十二种。可见元代杂剧也并非尽出于创造的。

兴盛的原因

元代杂剧兴盛的原因，旧说以为元以剧本取士，实则是不可靠的。此说见于臧晋叔的《元曲选序》，序云：

> 元以曲取士，设十有二科。而关汉卿辈，争挟长技
自见。

又沈德符《顾曲杂言》云：

> 元人未灭南宋时，以此定士子优劣。每出一题，任
人填曲。

由这两人的话来看，元剧之盛是由于政府的提倡了。实则这话是

毫无根据的。像马致远的《荐福碑》、郑光祖的《王粲登楼》，皆是满纸的悲愤牢骚；关汉卿的《窦娥冤》《鲁斋郎》等，又都是攻击当代官吏之黑暗的；王实甫的《西厢记》、张寿卿的《红梨记》、石子章的《竹坞听琴》等，又都是浓艳夭丽之至的。这些剧本怎么可以去应试呢？且五百余剧之中，同名者绝少，元代到底举行了杂剧考试多少科，如何能有那么多的题目呢？所以以上二说，是不能相信的。大概元杂剧发达的原因，有以下的三点：

（1）宋金已有了剧作基础，故至元顿然兴盛。

（2）元人停科，文人学士，无所施展其才略，遂捉住新兴的文体去创造。

（3）汉人受了外族压迫，悲愤抑郁，只有放诞于娱乐之中以求自慰。

元剧的发达，想不外乎此三种原因的。

第五十八节　杂剧的作品与作者

存亡考

元代杂剧到底有多少种？据明初宁献王权所作《太和正音谱》卷首著录元人杂剧都五百三十五种之多。元钟嗣成《录鬼簿序》，作于至顺元年，而书中纪事，迄于至正五年，其所著录的有四百五十八本之多。除此二书之外，当亦还有，然也不会太多。到明隆庆、万历年间，流传就更少了。臧懋循刻《元曲选》时，从黄州刘延伯处，借到元人杂剧二百五十种。不过臧氏所刻的百种内，已有五六种是明初人所作的。可以推知二百五十种内，含有不少的明人作品。与臧氏同时刻行杂剧的，有无名氏的《元人杂剧选》、陈与郊的《古名家杂剧》，唐氏世德堂亦有汇刊本。汇刊本已不见。《元人杂剧选》比《元曲选》仅多出四种。《古名家杂剧》亦仅多出八种，可见当日杂剧以臧氏所见为最多了。又何元朗《四友斋丛说》（卷三十七）谓其家所藏杂剧本近三百种，是可知杂剧在当时所存的数目了。钱遵王《也是园藏曲目录》，其中确为元人作者，一百四十一种，而注元明间人及古今无名氏杂剧的，凡二百有二种，共三百四十三种。惟迄今已多散佚了。黄丕烈有《元刻古今杂剧乙编》尚存于世，黄氏共有几编，不得其详，就其乙编考察，三十种中，为《元曲选》所无者，有十七种之多。合《元曲选》中九十四种与《西厢》五剧，共一百十六种。近年又发现顾曲斋所刊元人杂剧残本有关汉卿《绯衣梦》一种，为他书所未见。

作者时期

钟嗣成的《录鬼簿》将元剧的作者，分为三期：

（1）前辈已死名公才人有所编传奇行于世者。

（2）方今已亡名公才人余相知者，及已死才人不相知者。

（3）方今才人相知者及方今才人闻名而不相知者。

是书成于至顺元年（1330），所谓方今，当系指是年而言的。剧作者无虑数十人之多。现在就三十种左右无名氏的杂剧，按剧题来归类，可以分为以下的数种：

（1）公案剧——见于《元曲选》的有《包待制陈州粜米》《包龙图智赚合同文字》《神奴儿大闹开封府》《叮叮当当盆儿

鬼》。见于元刊《古今杂剧》的有《鲠直张千替杀妻》等数本。主人翁皆为包拯，取材虽各不同，而结构则大略相似。

（2）恋爱剧——见于《元曲选》的有《玉清庵错送鸳鸯被》《李雪英风送梧桐叶》《逞风流王焕百花亭》《萨真人夜断碧桃花》等，大抵都是喜剧，叙的也都是始经分离、艰苦，到后来团圆，惟《碧桃花》事实略异。

（3）历史及传说的故事剧——见于《元曲选》的有《庞涓夜走马陵道》《冻苏秦衣锦还乡》《朱太守风雪渔樵记》等。见于元刊《古今杂剧》的有《诸葛亮博望烧屯》。见于《元明杂剧二十七种》的有《苏子瞻醉写赤壁赋》等。这一类的剧作独多。

（4）仙佛度世剧——见于《元曲选》的有《庞居士误放来生债》《龙济寺野猿听经》等，此类剧作不多。

（5）报复恩怨剧——见于《元曲选》的有《冯玉兰夜月泣孤舟》《风雨像生货郎担》《争报恩三虎下山》等。都是叙述天大冤仇，久未昭雪；终于由了英雄或己子或己父而始得报复了宿仇的。

在元剧的种数虽多，大致可归于以上的五类，现在再解释恋爱剧中一部伟大的、在社会上最有势力的《西厢》，它是读书人未有不看的一个剧本。

《西厢》

元剧大都为一本，二本的就很少见，惟有《西厢》是五大本。王实甫只作了四本。相传他写《西厢》到"碧云天，黄花地，西风紧，北雁南飞"的时候，思竭蹐地而死，这可以见到一般人是如何的颂赞《西厢》这部书。他写了四本，关汉卿又续了一本，或者讥汉卿不应再续，实亦不然。因为王实甫之作，是根据董解元之《弦索西厢》的，如不加续，岂非剧本事实的憾事。

《西厢》之佳，在于描写莺莺的心理状态。她是一位娇贵的小姐，平常不大出闺门，不懂得恋爱，只是沉默不言，欲前故却，欲却又前，欲抑止自己的情绪而抑止不住。及佳期以后，老夫人揭破了她的秘密时，她方才揭开了面目，自此相思、寄物，无一不是表现着热恋的情绪。前后的莺莺判若两人，前者是沉默含蓄，后者是奔放多情，完全表现出久困于礼教之下的少女。无怪乎一般的少年男女，热烈的欢迎此剧。

写张生是一个少年书生狂恋者。从初见到图谋再见，从退贼到拒婚，从和诗到递简，从跳墙到被嗔责，从卧病到佳期，从别离到惊梦，从送书到受物，从郑恒作梗到团圆，时喜时忧，时而失望，时而得意，全生活于恋爱的不安的情绪中。作者的描写是很用力气的，文辞的美妙，如出于一个大诗人的手笔。

六大家

至于元剧的作者很多，我们取出所称六大家的来谈一谈。

最早而又最伟大的一个作家，那是关汉卿。关氏一生创作六十余个剧本，现在存留的尚有十四种。拿这十四种来说：（Ａ）如《玉镜台》《谢天香》《拜月亭》《救风尘》《金线池》《调风月》等，可归入恋爱的剧本；（Ｂ）如《窦娥冤》《鲁斋郎》《蝴蝶梦》等，可归入公案剧本；（Ｃ）如《西蜀梦》《单刀会》等，可归入历史传奇本。

关氏最长于写女子的心理，所以他的剧本除少数外，都以女子为主角。有自己肯牺牲的慈母（《蝴蝶梦》），有出智计以救友的侠伎（《救风尘》），有从容不迫勇敢的脱丈夫于危险的智妻（《望江亭》），有美丽活泼、娇憨任性的婢女（《调风月》）等，不论哪一样的人物，他都能写得活泼有生气，这是关氏手笔之高妙。他不惟善写恋爱剧，而且善写公案剧，所不善写的是关于仙佛一道的事迹。

王实甫的剧本共有十四种之多，今传于世者除《崔莺莺待月西厢记》外，仅有《四丞相高会丽春堂》一本，其他一二种业已残存了。他著《西厢》之佳妙，已见于上，此不再说。

白朴有《天籁轩集》，他的杂剧凡十六种。今存者惟《唐明皇秋夜梧桐雨》及《裴少俊墙头马上》两种而已。余亦不过三两种残存。他也是以善写娇艳的恋爱剧著名，《梧桐雨》是人人所知的。

马致远的剧本共十四种。他的题材大半为文人学士不得志者的写照，小半为写山林归隐神仙度人的作品，如《汉宫秋》等剧材是很少的。像《江州司马青衫泪》和《半夜雷轰荐福碑》，都寄托着自己抑郁之怀的。像《吕洞宾三醉岳阳楼》《太华山陈抟高卧》等，似乎都是失意的聊以遗世孤高为快意的。

郑光祖的剧作共十九种，今存《王粲登楼》《倩女离魂》《周公摄政》等四种。他的作品往往受第一期作者的影响，而露出模拟的痕迹，但其曲文的美妙，确可使他成为大家的。

乔吉甫的剧作共十一本，今存《玉箫女两世姻缘》《杜牧之诗酒扬州梦》《李太白匹配金钱记》等三本。三本皆为恋爱剧，写得光艳动人，娇媚可喜，但题材和布局却很平常的。

元剧评价

元剧最好的地方，在能连结民间直朴的风格与文士们隽美的文笔。所以大多数的文辞，都是很自然、很直切、很质朴却又是很美丽的。明白如话，却又不是粗鄙不通；畅达俊丽，却又句句妇孺皆懂。这正是民间作品与文士的手笔刚刚接触时代的最好产品，正是杂剧的黄金时代。

第五十九节　杂剧的余韵

杂剧并未随着元代的衰亡而衰亡，它在明代的前半叶，与戏文同生骈长。更应注意的是已由民间的娱乐场，登上帝王之剧场了。许多亲王们都是爱好戏剧的，周宪王和宁献王本人也是勇于制作杂剧的。相传明初亲王之藩，必赐予戏曲千余本，这话虽未可遽信，当日杂剧的气运兴盛是无疑问的。

明初的作品

著于洪武三十一年的《太和正音谱》，关于明初的杂剧作者，列举了十六人，如王子一、汤舜民、陈克明、苏复之、杨景言之属。这些作家已无法考察他们的历史了。在《正音谱》中，关于曲目一项，计列丹邱先生十二种，王子一四种，刘东生二种，谷子敬三种，汤舜民二种，杨景言二种，贾仲名一种，杨文奎四种，无名氏三种，共三十三种，存留到现在的，不过六七种了。

（1）《刘晨阮肇误入桃源》——王子一。

（2）《吕洞宾三度城南柳》——谷子敬。

（3）《铁拐李度金童玉女》——贾仲名。

（4）《荆楚臣重对玉梳记》——贾仲名。

（5）《萧淑兰情寄菩萨蛮》——贾仲名。

（6）《翠红乡儿女两团圆》——杨文奎。（以上收入《元曲选》中）

（7）《金童玉女娇红记》——刘东生。

在这七种内，神仙怪异的本事，居其大半。像那度人如仙的诳言，竟全是道教上的不可信的材料。这可以看出杂剧是受道教之影响的，与南戏受佛教影响，多叙因果报应的材料相同的。

伟大的朱有燉

像丹邱先生朱权（宁献王）所作的杂剧业已不存了。若周定王橚的长子宪王叫做朱有燉的，他不惟是一个伟大的作者，幸而作品也还存在。他的杂剧，古来文人相传有三十一种之多。现在《诚斋乐府》中存二十五种（藏北平图书馆），业已很可观了。有燉的剧作，文字并不见得怎样好，音调谐畅，是其特色。他更有一种创造的精神，元人杂剧多用四折写成，他往往写作五折。杂剧中每折用一人主唱，他在一折中往往用各种角色合唱，这都是他大胆的地方。他的剧在当日似乎很盛行，李梦阳《汴中元宵》绝句云："中山孺子倚新妆，赵女燕姬总擅场。齐唱宪王新乐府，金梁桥外月如霜。"这可见有燉的新乐府之被演唱了。在有燉的剧作中，可大别之为以下的数类：

（1）道释的

《惠禅师三度小桃红》《李妙清花里悟真如》《紫阳仙三度长椿寿》《小天香半夜朝元》《瑶池会八仙庆寿》《群仙庆寿蟠桃会》《福禄寿仙官庆会》《神后山秋猎得驺虞》等。

以上前四种是度脱的故事，后四种是庆寿的故事。

（2）妓女的

《刘盼春守志香囊怨》《李亚仙花酒曲江池》《美姻缘风月桃源景》《宣平巷刘金儿复落娼》《甄月娥春风庆朔堂》《兰红叶从良烟花梦》等。

以上是以妓女为对象而作出的。

（3）牡丹的

《洛阳风月牡丹仙》《天香圃牡丹品》《十美人庆赏牡丹园》等。

（4）节义的

《清河县继母大贤》《赵贞姬身后团圆梦》。

（5）水浒剧

《黑旋风仗义疏财》《豹子和尚自还俗》等。

（6）其他的

《孟浩然踏雪寻梅》《汉相如献赋题桥》等。

第一、二两类中，很可以看出支配阶级的思想，想长寿不老，想成仙人，并且还想玩一玩妓女。因为有墩是一个支配阶级，所以这种剧作是很自然的。

在朱有墩之后，杂剧的制作便不多了。最著名的有王九思的《杜子美沽酒游春》，康海的《误救中山狼》，杨慎的《兰亭会太和记》等。这时已转变为非杂剧的时代了。

本章参考书

（1）《宋元戏曲史》王国维著（商务本）

（2）《插图本中国文学史》四十六章郑振铎著（朴社本）

（3）《元曲选》（明）臧懋循编（商务影印本）

（4）《中国近代戏曲史》第四章郑震编译（北新本）

第二十三章　宋元明的戏文

第六十节　印度戏与戏文

宋元明间的戏曲，有两种不相同的组织，一是上章所述说的杂剧，一是此章所述说的戏文。戏文就是通常叫做传奇的。依一般人的见解，戏文是由于杂剧蜕变而出的，实则这种观念，并不怎样正确，因为戏文自有它的渊源，并非元明之间新出的一种体裁。它在宋代业已产生，当日的题材及组织与印度剧具着同一的情形，由此可以觇知印度剧对于中国的影响和戏文产生渊源之所自了。现在拿题材与组织二者分别来讲。

题材

据徐渭的《南词叙录》，著录"宋元旧篇"，凡六十五部，全都是宋元遗留下来的戏文。又《永乐大典》（卷一万三千九百九十一）内亦有戏文三部，此外沈璟的《南九宫谱》、张禄的《词林摘艳》、无名氏的《雍熙乐府》，亦有不少戏文的残文。其中以元代戏文为最多，大概为我们所确信为宋代的戏文，只有《赵贞女蔡二郎》《王焕》《王魁负桂英》《乐昌分镜》

《陈巡检梅岭失妻》等五种而已。

这几种戏文虽都是残缺不全，其情节还约略可以知道。如《赵贞女蔡二郎》叙的是蔡二郎得第忘归，其妻历尽艰险，前往寻夫，二郎却拒之不见，不肯领认为妻。《王魁负桂英》叙的是王魁与桂英誓于海神庙，二人愿意白首偕老；后王魁中第得官后，桂英派人去接见他，魁却忘了前情。如《张协状元》，写的张协得第后，变了心肠，弃王氏女于不顾，王氏女剪发筹资到京师，又被张协的用人打了出来。这统统都是痴心女子负心汉的故事。

我们若有机会一读印度戏剧家卡里台沙（Kalidasa）的《梭康特娅》（Sukantala），我们大约总会很惊奇的发现了奇迹，原来梭康特娅之上京寻夫，亦被拒于其夫杜希杨太（Dushyanta）的。这种巧合的事情，绝不是全然无因的吧。而且《梭康特娅》剧文曾经被传在天台山的一个庙里，则更可明了其中的消息了。

再者，《王焕》及《崔莺莺西厢记》（非王本）上，描写王焕与贺怜怜在百花亭上的相逢，及张生与崔莺莺在佛殿上的相见，其情形和杜希杨太初遇梭康特娅在林中的情形，也是很相同的。《王焕》中的王小三、《西厢记》中的红娘，亦为印度戏剧中常见的人物。

又《陈巡检梅岭失妻》，情节与印度的史诗《拉马耶那》（Ramayna）很有一部分相类似。《拉马耶那》的故事是印度剧本上常常袭用的题材。这都可以窥见中印文学上沟通的情形了。

组织

印度剧本内容的组织，和中国的戏文有几点很相似，兹为列述如下：

印度戏剧是由歌曲、说白、科段三个元素组织成功的，这和戏文中的科、白、曲三者不可缺一完全相同的。

印度戏曲中有男主角拏耶伽（Nayaka）、女主角拏依伽（Nayika）等于戏文中的生与旦。生与旦常有侍从跟着他们，也与印度戏剧中无异。

印度戏剧在每次开场之前，必有一段前文，由主持的人上台来对听众说明要演的是什么戏，且介绍主角出场来。这和戏文的开场先由末或副末，唱念一首颂贺的歌词，或说明要及时消遣之意，慢慢说到今天演唱的什么戏，并引出后台的角色出来，也是一样的。

印度戏剧终了，必有尾诗，戏文末了亦有下场诗。不过内容略有不同：尾诗的内容多是祷求风调雨顺、人民快乐、君主贤明、神道昭灵一类的话，下场诗多是总括全剧之情节的。

印度戏剧在一剧中所用的语言文字，大别之为两种：一种是典雅语，一种是土白。大都上流人物、主角，多用典雅语；下流人物如侍从之类，则大都用土白。这和戏文的习惯完全相同。

以上五点，是中印戏剧相同之点。题材的相同，我们或者可以说是暗合；像这种内容组织的相似，绝不是偶然的事情。大概在当日，印度戏剧多由商人从海道带进来，于是成了中国一种新兴的文体，后来便渐渐的兴盛了。

第六十一节　戏文的繁兴

戏文最早的已见于宋代，在元代除有杂剧兴盛之外，还有戏文仍在继续生长着，叶子奇《草木子》云：

　　其后元代南戏盛行，及当乱，北院本特盛，南戏遂绝。

南戏遂绝之说，大概是约略北方而言的，同时可以见到，元代有一时期是盛行南戏的。关于元代的南剧，现在几乎没有一本原本存在。郑震《中国近世戏剧史》上根据《永乐大典》《南九宫谱》《南词叙录》几部书里，列出南戏的剧目，去其重复的，合计有六十九种之多。其中和杂剧题材一致的，亦有三十七种。从这个统计里，可以看出两点：一是南剧并未绝灭，而且渐渐兴盛起来；二是南戏的兴盛，盛受着杂剧不少的影响，如有许多题材是彼此相同的。

题材的表现

南戏到明代以后，才入于黄金时代。关于明初的南戏剧目，徐渭《南词叙录》已有四十八本，然而还不是全部。成化、弘治以后，作者尤夥。在这许多南戏中，他们题材的表现是些什么呢？我以为可归入以下的数类：

（1）历史的：

苏复之的《金印记》，

无名氏的《赵氏孤儿》及《牧羊记》，

姚茂良的《精忠记》及《金丸记》，

王济的《连环记》，

沈采的《千金记》及《四节记》等。

这一类完全是根据历史上人物的事迹演义而成的。譬如《金印记》是叙述战国苏秦之事迹的，《精忠记》是叙述岳飞之事迹的，其他诸篇皆借历史上人物的事迹演义而成的。

（2）人情的：

施君美的《拜月亭》，

无名氏的《白兔记》，

高则诚的《琵琶记》，

徐畈的《杀狗记》，

邵文明的《香囊记》。

这一类完全是叙述悲欢离合之人情的。譬如《琵琶记》是叙述蔡邕上京，五娘寻夫的故事，很流行于社会；《香囊记》是叙述南宋初年张九成夫妻分离与相逢的故事。

（3）爱情的：

李景云的《荆钗记》，

薛近兖的《绣襦记》。

这是写男女之爱情的。《荆钗记》写王十朋与钱玉莲的爱情神圣，虽经孙汝权从中作梗，经过多年的分离，终能在庙内相逢。《绣襦记》是根据唐人传奇《李娃传》写成的，情节已见于前。

（4）道德的：

邱濬的《五伦全备》，

沈受先的《三元记》。

据说邱濬少年时候，曾写过一部关于恋爱的小说，名叫《钟情丽集》，旧社会的人都向他攻击，于是为了掩饰恶名，来写这部《五伦全备》。《三元记》是根据善恶报应之说而写成的，主人翁的儿子冯京，传在《宋史》的，但他的父亲却未必是那样有德行的人物。

以上四类，历史的是偏重史迹，其他三类虽也多是借历史上的人物，但多带演义之性质的。此外的题材能溢出这个范围便不很多了。

五大名作

在以上所述的戏文中，有五种是最有名的，现在把它们比较详细的再介绍一下。

（1）《琵琶记》

《琵琶记》的作者是元末明初的高明。蔡邕故事的戏文已见于宋代，高明也不过再加以演义罢了。全本是四十二出。他有价值的地方，是把蔡宅与牛府的光景对照着写。一富一贱，一苦一乐，以凄惨的生活对照着安乐华丽的生活。冷暖之间，极尽描写的能事。第三十五出，硬要使蔡邕与赵五娘相遇，是极不须要的。所以也有人说后八出是他人所续的。

相传作者居栎社沈氏楼，夜案烧双烛，填至吃糠一出，句云"糠和米本一处飞"，正在此时，双烛光交合为一，因名其楼曰"瑞光楼"。这是一段神话传说。至于说此记之作，是讥讽王四，那是靠不住的事情。

（2）《荆钗记》

《荆钗记》据高奕的《传奇品》说是柯丹丘作的。王国维的《曲录》认为宁献王朱权作的，我们从《南词叙录》上定为李景云所作。全本共四十八出，故事照例的团圆终结。明张凤翼《谭辂》云：

> 《荆钗》相会之处不佳，后人改为妇与姑舟中相
>
> 遇，比原本好。

按《缀白裘》《醉怡情》等所收《荆钗记》，有《舟会》一出，与《谭辂》所说相同。

至于《瓯江佚志》谓此故事，系宋时史浩门客造作以诬王十朋及孙汝权的，那不可信。

（3）《白兔记》

《白兔记》不知作者，全本共三十三出，想为根据《刘知远诸宫调》而演成的。叙述刘知远与他的妻李三娘离合之故事的。词甚古朴，所以读起来还有相当的趣味。剧中如磨坊养子等出，至今仍上演不止，许多民间的老太婆都常谈磨坊生子的故事。《白兔记》有二本，一为《六十种曲》本，较为村俗；一为富春堂刊本，较为文雅。

（4）《拜月亭》

明人皆以为施君美所作，但亦无的据。写蒋世隆、王瑞兰的离合悲欢事，关汉卿已有一本《闺怨佳人拜月亭》杂剧。此作即本于此，但略有增加。自第三出至第十出的情节是新加的。并不觉得勉强。三十四出以后的婚姻几出，略觉得无聊。

（5）《杀狗记》

作者已见于前，全本共三十六出，写孙荣和孙华两兄弟的故事。作者有《巢松阁集》，尝自言曰："吾诗文未足品藻，惟传奇词曲，不多让故人。"可见，他的戏文是很自负的。此剧系依据于萧德祥的《杀狗劝夫》，材料增加四倍以上，因此剧中人物

增加不少，情节也复杂许多。把孙虫儿改为孙荣，萧作未说孙氏兄弟不和的原因，此作写出因劝谏而致不和；萧作中只有一妻，这里却增加一妾，又增加一个仆人。写兄弟两人的生活，写两个恶友的性格与举动都很深刻，较萧作为进步。

以上是五大名作的梗概。

本章参考书

（1）《中国近代戏曲史》郑震编译（北新本）

（2）《插图本中国文学史》四十七、五十二章郑振铎著（朴社本）

（3）《六十种曲》阅世道人编（开明本）

（4）《盛明杂剧》初二集（明）沈泰编（董氏刊本）

（5）《拉马耶那与陈巡检梅岭失妻记》林培志作（《文学》二卷六期）

（6）《沙贡特拉和赵贞女型的戏剧》李满桂作（同上）

第二十四章　明代的小说

宋代的话本，在前边已约略的述过了，它对于后代的影响，是大批小说的产生。固然有的仍是话本，有的便根据话本进一步的修订或创造了。到小说脱离话本的时期，或者说话人另有秘稿，不过不公布于世罢了。

据现在存留于世的话本来看，元代讲说史书的风气大概很盛。我们看唯一的《全相平话五种》，都是讲说历史上的事迹。五种是：《武王伐纣书》（三卷）、《乐毅图齐七国春秋后集》（三卷）、《秦并六国秦始皇传》（三卷）、《吕后斩韩信前汉书续集》（三卷）、《三国志》（三卷）等。前四种仅能见于《日本内阁文库》，后一种在中土颇为流行。这五种话本，是元英宗至治年间新安虞氏所刊的。文笔是同样的拙劣。在表现上看，《武王伐纣书》与《乐毅图齐》两种，所带神怪的成分是很浓厚的。其余的三种，多以历史的故实为骨架，间有附会的传说，很少无稽的神怪仙佛的胡说。不论哪一种题材，对于明代的小说都有重要之意义的。

第六十二节　讲史派

宋元的话本，多失去了作者的名字。由话本产生小说，这时期第一个作者是罗贯中。他的姓名，各书所载，很有一些分歧。我们从一个比较可靠的记录，是贾仲名的《续录鬼簿》。《续录鬼簿》云：

> 罗贯中，太原人，号湖海散人，与人寡合。乐府隐语，极为清新。与余为忘年交，遭时多故，天各一方，至正甲辰复会。别后又六十余年，竟不知其所终。

这是一节最宝贵的史料，其他的事迹，便不得其详了。

罗贯中最伟大的成就当然是《三国志演义》和《水浒传》两部书，其他当然还有类似的著作。

《三国志演义》

《三国志通俗演义》，自然的，与《三国志平话》是不能无关系的。他于改俗为雅以外，对于平话本，也还略有增删。大概有如下的情形：

（1）删削了平话中荒诞不经的事实。像那曹操劝汉献帝让位曹丕，刘备到太行山落草为寇等。

（2）增加平话中缺少的真实史料，像那何进诛宦官、祢衡击鼓骂曹操等。

（3）增加平话中没有的诗词表札。

（4）改写了平话中不经的记载。像那张飞喝断长坂坡改为惊破夏侯杰之胆等。

　　罗氏的《演义》，虽然有所依据，但不能不称其伟大。譬如平话本关于三分的解释，还带有因果报应的思想，罗氏竟大胆的删了去，从灵帝继位说起。他又能在枯寂的记事上，丰赡的文辞，演义为二十四卷、二百四十回之多。说它雅，一般的民众都能欣赏；说它俗，一般的文人又觉得粗浅[①]。所以它的影响在民间是很大的，三国故事常常诵于妇孺之口，不能不归功于罗氏了。虽然章学诚《丙辰札记》病其"七宝三虚，惑乱见者"，那是以史学眼光看待了。

　　不过描写人物，亦间有可议之处，如写诸葛亮的智谋，往往近于妖妄。像那曹操赤壁败后，孔明知道曹操命不该尽，故意使忠厚的关羽扼守华容道，俾得逃脱。而又故以军法相要，使立军令状而去。此处表现孔明，亦不过一个狡狯之徒罢了。

《水浒传》

　　《水浒传》的本子，最重要者有四种传于世：

　　（1）《忠义水浒传》一百十五回，前署东原罗贯中编辑。

　　（2）《忠义水浒传》一百回，前署施耐庵底本，罗贯中编次。

　　（3）《忠义水浒全书》一百二十回，前署施耐庵集撰，罗贯中纂修。

　　（4）《水浒传》七十回，前署东都施耐庵撰。

---

①　底本原文如此。

我们看这四种，显然有繁有简，并不一定是先简后繁。明胡应麟《笔丛》四十一，已提到坊中削繁为简的不当了。大概现在的《水浒》，已经后人的修改，是无疑义的。

关于作者，也是一个问题。施耐庵是怎样的一个人物，别的书籍也没提到。据话本的推测，施氏一定是一个说话人，罗氏得了他的秘稿，把它演义、润色成了一部伟大的著作。所以刻书的人把两个人的名字都题署上了。

原来《水浒》的故事由来已久，且是历史上的事迹。撮抄旧籍而成的《宣和遗事》，便是《水浒》的前本。《宣和遗事》上的宋江等“三十六人横行齐魏，无敢抗者”，见于《宋史》三百五十一。关于宋江等聚啸梁山泊的事，当日传说已普遍于民间。宋遗民龚圣与作《宋江三十六人赞》，其序上云：

> 宋江事见于街谈巷语，不足采著。虽有高如、李嵩辈传写，士大夫亦不见黜。

大概《宣和遗事》已是说话人的稿本，所以故事亦很流行于民间的。

《水浒传》的文笔，似较《三国演义》为进步，半文半白，多记载而少描写的缺点，仍是很显著的在着。要之亦有可取的描写技巧，如蓼儿洼的会葬、林冲的走雪、武松的打虎，野猪林的打店等，情景的布置，都是很美妙的。

以上所述之外，犹有一部分讲史的小说，不过为一般人不注意罢了。如：

（1）《隋唐演义》一百回，罗贯中编（？）

（2）《残唐五代演义》六卷六十回，罗贯中编（？）

（3）《三遂平妖传》四十回，冯梦龙增补。

（4）《说唐传》前传共六十八回，后传共四十二回，罗贯中编（？）

（5）《粉妆楼》八十回（？）

第六十三节　神魔派

明之中叶以后，道教渐渐兴盛起来，成化年间有方士李孜、释继晓等，正德年间有于永等，都是以妖妄之说而荣贵的。这种邪说影响于人心，影响于文章。神魔派小说的产生，便全由于这种道理。现在把它们的名目略述于下：

"四游记"

"四游记"大概是刻于明代的，内中包括书四种，作者三人。

（1）《上洞八仙传》（《八仙出处东游记传》）二卷五十六回，题兰江吴元泰著。

（2）《五显灵官大帝华光天王传》（《南游记》）四卷十八回，题三台山人仰止余象斗编。

（3）《北方真武玄天上帝出身志传》（《北游记》）四卷二十四回，前人编。

（4）《西游记传》四卷四十一回，齐云杨志和编，天水赵景真校。

以上四种，第一种是李铁拐得道后，度钟离权，权度吕洞宾，以至于有八人得道，是为八仙。以及八仙与龙王大战的事迹。书中文言俗语间出，事亦往往不相连属，大概是杂取民间之传说的。第二种是叙三眼灵光为天地所杀之后，复转生，师事天尊，大闹天宫。后来使走人间，仍有神通，与神魔战等故事。末两种自然也是无稽之谈。

《西游记》

在四十一回的《西游记传》外，又有一种一百回本的《西游记》。一般人很容易误会，这本《西游记》是元初道士丘处机作的，实则邱氏另有二卷本的《长春真人西游记》，收于《道藏》之内的。近来把它定为吴承恩所作，是无疑义了。

《西游记》全书次第，与四十一回本无大差别。全部的事实可分为四段看：

（1）叙孙悟空出生求仙及得道闹三界等事（一——七）。

（2）叙魏徵斩龙、唐皇入冥、刘全送瓜及玄奘奉谕西行求经事（八——十二）。

（3）叙玄奘西行，到处遇见魔难，所遇凡八十一难，但皆得佛力保护及孙行者的努力，得以化险为夷，安达西天（十三——九九）。

（4）叙玄奘及其徒孙悟空、猪悟能、沙悟静等护经回东土，皆得成真为佛事（一百）。

这四段可以分为三部独立的书，孙行者的出生，大闹与厄运，乃是一部独立的英雄传奇；唐太宗入冥事，在唐末已有俗文的小说了；至于玄奘的西行与返来，更是一线到底的小说。

作者的用笔，是很值得称说的。譬如玄奘西行，经过八十一难那一长段，层次井然的一难过去又一难；八十一难中，事实雷同的并不很多。此可见作者经营的费心与着笔之精密了。

《西游记》之后，又有《后西游记》《续西游记》等作，便比原作逊色多了。

《封神传》

《封神传》一百回，今本不题撰人。日本内阁文库藏明刻本，题许仲琳。封神二字的取义，是由"唯尔有神，尚克相予"（《尚书·武成编》）一语衍成的。其事迹隐据《六韬》《阴谋》《史记·封禅书》《唐书·礼仪志》各书。书之开篇有诗云：

> 商周演义古今传。

由此以看，其目的似在演史，实则借商周的争战，大谈其神怪，什九是虚造的。本来武王伐纣，古人早有"血流漂杵"之说，所以《封神》便极力形容。《武王伐纣书》虽亦有神怪的记载，然比诸《封神》，真是小巫之见大巫了。

《三宝太监西洋记通俗演义》

《三宝太监西洋记通俗演义》亦一百回，题"二南里人编次"，有万历年间罗懋登序，罗即是撰者。这部书全是叙述永乐中太监郑和等服外夷、使朝贡的事。郑和者，《明史·宦官传》云：

> 云南人，世所谓三保太监者也。永乐三年，命和及其俦王景宏等人通使西洋，将士卒二万七千八百余人，多赍金帛，造大舶……首达占城，以次遍历诸国，宣天子诏，因给赐其君长，不服则以武慑之。先后七奉使，

> 所历凡三十余国，所取无名宝物，不可胜计，而中国耗
> 费亦不资。……故俗传三宝太监下西洋，为明初盛事
> 云。

借郑和的事为骨架，内中荒唐的叙述，怪异的记载是很多的。文词亦很拙劣，行文又多枝蔓。较有意味的是引用里巷的传说，如五鬼闹判、五鼠闹东京之类。

第六十四节　人情派

在明代又产生了几部人情小说。最为一般人所注意的，是一部称为"淫书"的《金瓶梅》。当日这种淫书通行的原因，完全是一时的风气。前面所说到的方士李孜、僧继晓，统是以献房中术骤贵起来；嘉靖间的陶仲文，也是以进"红铅"得幸于世宗，官至特进光禄大夫柱国少师少傅少保礼部尚书恭诚伯。于是颓风渐及于士流，都御史盛端明、布政使参议顾可学，皆以进士起家，借"秋石方"致大位的。一般欲幸进之徒，多是竭尽智力以求奇方，纵谈闺帏方药的事体，不以为耻。方药兴，表现床笫间事的小说也就多起来了。

《金瓶梅》

《金瓶梅》配上《水浒传》，益以《西游记》，称为"三大奇书"。计一百回。最早的刻本，即沈德符《野获编》所谓"吴中县之国门"的一本。此本当冠有"万历丁巳"（四十五年）东吴弄珠客的序和袁石公之跋的，惜此本不见于世。今所见的《金瓶梅词话》刊于万历末年，为最早的一本。崇祯本、张竹坡评本

（康熙年间）皆较少于词话本。至于坊间所谓《古本金瓶梅》，删削尤多，已失却本来之面目了。

《金瓶梅》的作者，《野获编》说是嘉靖间大名士所作，世人遂以为出于太仓王世贞之手，为的是要仇杀严世蕃的。此说不甚可靠，《金瓶梅》上十足表现山东的方言，江苏的王世贞不会用那样地道的话吧。

《金瓶梅》是一部伟大的写实小说，既不依据史传，复不加入神怪的笔墨。它在普通的人间，表现出一个恶棍的行为及家庭间复杂的情形，心理的刻画，用笔的精密，都能及于上乘的。全书是假《水浒》中的西门庆与潘金莲为线索，内插入李瓶儿、春梅等一些娼妇妖女。除表现西门庆是一个恶棍外，还描写出他是一个不世出的淫鬼。文辞绮丽可观，惜乎叙述性交的地方太多，所以世人目之为一部可怕的淫书。

《金瓶梅》之后，又有《续金瓶梅》，前后集共六十四回，题"紫阳道人编"。此书当成于清初，紫阳道人即是丁耀元的化名。全书是以因果报应为思想的，其四十三回有云：

> 一部《金瓶梅》说了个色字，一部《续金瓶梅》说了个空字，从色还空，即空是色，乃自果报，转入佛法。

其内容之大概亦可略窥了。

《玉娇李》

此书早佚，云亦出《金瓶梅》作者之手。《野获编》称引袁宏道曾闻大略：

> 谓与前书各设报应因果，武大后世化为淫夫，上烝
> 下报，潘金莲亦作河间妇，终以极刑；西门庆则一騃憨
> 男子，坐视妻妾外遇，以见轮回不爽。

即此亦可见其内容一斑了。

以上是就长篇小说而言，短篇小说也很多。最著名的如冯梦龙所辑的《喻世明言》《警世通言》《醒世恒言》，所称"三言"的。还有所谓"二拍"的，即空观主人辑的《拍案惊奇》及《二刻拍案惊奇》是。现在流行的抱瓮道人选辑的《今古奇观》便是从四十卷以上的几种小说汇选下来的，这里边很多精美的短篇小说。

本章参考书

（1）《中国小说史略》十四、十五、十六、十七、十八、十九、二十篇鲁迅撰（北新本）

（2）《插图本中国文学史》四十八、六十章郑振铎著（朴社本）

第二十五章　明清的诗

　　元代著名的诗人有虞集、杨载、范椁、偈傒斯等称为"四大家"的，在四大家稍后的又有萨天锡、杨维桢等。虞集尝称述杨载的诗如"百战健儿"、范椁的诗如"唐临晋帖"，偈傒斯的诗如"美女簪花"，他自己的诗如"汉廷老吏"一般。若萨天锡是最长于情的，诗句流丽清婉。杨维桢有《铁崖乐府》传世，在元代已负盛名，到明初犹存。他的诗歌，独成一派，元代诸人，多失于纤弱，他的诗笔震荡凌厉，夺人目睛，典丽隽致，不可多得；不过亦往往失于怪诞晦涩，甚有讥之为"文妖"的。大约有高过时人之作，有堕入魔趣之作，不能一例而论。

　　明初的诗人，有宋濂、刘基，笔意豪纵，濂不及基。足推一时之大家的，是高启。高氏的诗，前人称之为："隽而清丽，如秋空飞隼，盘旋百折，招之不肯下。"又称为："缘情随事，因物赋形，横纵百出，开合变化。"大抵高氏才力卓绝，出诗多不假雕饰，自然可爱的。

　　永乐以后的数十年，天下太平，诗文亦趋于雍容平易，那便是官僚文学的"台阁体"了。主其事者是杨士奇、杨荣、杨溥。三杨因为久占台阁，勋业之高，德望之显，都足以倾倒一世。所以当日雍容闲雅之作，海内成一种风气。渐久渐弊，肤廓冗沓之徒，不失于浅，便失于粗，往往令人一望生厌。于是豪杰之士的李东阳，起而改革，一洗以往的陋习。

第六十五节　格调派

源流

诗至台阁体以后，陈陈相因，千篇一律，生气全无了。于是李东阳起而谋改革。他推崇唐代的李杜，同时亦不排斥元、白，对于王、孟、韦、柳之诗，也很看重，所以诗趣稍广。他的歌行，便十足的具备老杜的风神。他论诗已提出"声调"的注意。《怀麓堂诗话》云：

> 今之歌诗者，其声调有轻重、清浊、长短、高下、缓急之异，歌之者不问而知其为吴为越也。汉以上古诗弗论，所为律者不独字数之同，而凡声之平仄，亦无不同也。然其调之为唐为宋为元者，亦较然明甚。

是东阳以为每一代的诗篇，都有其声调可以领会的。他的重视声调，也可以于此窥知。论者称述他的诗"雅驯清澈，格律严整，得唐人之风致"。有《怀麓堂集》百卷传世。

定名

李东阳在诗坛上的复古，无非是一个倡始者。到其门下士李梦阳、何景明出，便有坚决的主张了。格调在诗中也认为重要了。李梦阳《潜虬山人记》云：

> 诗有七难，格古、调逸、气舒、句浑、音圆、思
> 冲、情以发之。

他的《缶音序》又云：

> 诗自唐，古调亡矣。然自有唐调可歌咏，高者犹足
> 被管弦。宋人主理不主调，于是唐调亦亡。

此皆可见其重视格调之论，至于何景明与李梦阳的主张相同，都是以汉魏盛唐为标准的。梦阳的作品雄奇高古，气魄宏大，多得于北方的刚劲之气。景明诗，秀逸稳称，俊朗可爱。梦阳的《送李帅之云中》《九日南陵送橙菊》等可以为代表作，何景明的《明月篇》《鲥鱼》等，可以为代表作。

李、何的羽翼还有边贡、徐祯卿、祝允明、文徵明等，他们都是向汉魏盛唐去学的，所以诗调都很高古。如边贡的《重赠吴国宾》等，徐祯卿的《寄华玉》等。

承波

李、何对于文坛，影响当然很大；到嘉靖初年，王慎中等起而反抗，指责何、李仅得古人的面目，成就一种伪体。他们的攻击是偏重文体方面，不过诗也捎在里面了。未几，李攀龙、王世贞、谢榛一般人起来，仍然拥护李、何，重新打出"文必秦汉、诗必盛唐"的旗帜。李氏尝在历城故乡构"白云楼"，有山水之盛，日夕读书吟咏楼中，十年宾客概不接见。他的诗以声调胜，所拟古乐府或潜易数字以为己作，生吞活剥的占有，故后人诋为"优孟衣冠"。七律较佳，高华不同于凡庸之作。王氏晚年思想改变，颇悔他四十以前的少作。他的诗，乐府古体较佳，近体的

锻炼功夫不到，时露浅率。朱竹垞病其爱博，以致千篇一律。谢氏被摈于李、王，然在当时，亦甚有声价的。他以为取李杜十四家之最胜者，熟读之以会神气，歌咏之以求声调，玩味之以衰精华，诸人大佩其言得旨要。他的近体诗佳，字烹句炼，气逸调高。李氏的《怀子相》诗、王氏的《袁江流钤山冈》诗、谢氏的《暮秋即事》《秋日怀弟》等作，部称佳制。

反响

李、王、谢之后，一般不才之徒，如众犬吠影一般，似是而非地学李、王，遂引起社会上人士的反感。徐文长、汤义仍等，想一变风气，终以寡不敌众，自从袁宗道兄弟出来以后，社会上才转移目标。宗道在馆中首先排斥王、李之说，于唐好白乐天，于宋好苏轼，名其斋曰"白苏"。至宏道、中道，益矫为清新轻俊的作风，学者遂舍王、李，而投于袁氏兄弟的门下，因为他们是公安人，目之为"公安体"。是主张随意歌唱，任其自然，要解脱，要自创辞意，浅俗是没有关系的。如《西湖诗》之"一日湖上行，一日湖上坐。一日湖上住，一日湖上卧"是。前人对于这类诗颇有微词，在我们看起来亦另有意味的。

"公安体"是拿清新去号召，竟陵人钟惺、谭元春复以幽深孤峭来矫李、何之弊，所谓"竟陵体"。钟、谭因学力欠缺，见解多偏，颇为一般人所讥诮。他们寄托主张的《诗归》一书，《静志居诗话》诋之为"取快一时，流毒天下，诗亡而国亦随之矣"。可见这一体是无甚可取处的。

第六十六节　神韵派与性灵派

清初诗人，以钱谦益、吴伟业二人为最著名，二人都是没有气节的二姓之臣。钱谦益的诗沉郁而兼藻丽，高情逸致，在明末亦属大家，他的诗不专主盛唐，晚唐宋元诸诗人对于他都有影响。他底《初学》《有学》二集，乾隆帝因为他不忠于明，诏毁其版，以励臣节，后代几乎不能读其诗篇，到现在才能通行于世。

吴伟业是一个大诗人，他死时候的遗嘱，要在墓前树一"诗人吴梅村之墓"的圆石。他降清后，晚年似乎也很后悔，有《述怀诗》："我本淮王旧鸡犬，不随仙去落人间"，可以窥其心迹。他的诗早年才华艳发，辞藻绮丽；终年[①]遭逢丧乱，阅历兴亡，时出激楚苍凉的悲调；晚年心境不佳，篇什充满萧瑟之音。他的诗，歌行一体尤所擅长，如《圆圆曲》《永和宫词》之类，都是一时称说、千载不朽的佳作。

此外遗老作者，如龚鼎孳、王彦泓、冯班、杜濬、申涵光、吴嘉纪、陈恭尹、屈大均、费密等，亦多能诗，惟较之钱、吴，是小巫之见大巫了。

在钱、吴以后的较大诗人，有宋琬、施润章、朱彝尊等人，当日有"南施北宋"的称说。宋诗是以雄浑磊落胜，施诗是以温柔敦厚胜。朱是兼擅众体，可以与施、宋相颉颃的。宋有《安雅堂集》，施有《学余堂集》，朱有《曝书亭集》。

---

① 编者按：据上下文应作"中年"。

像这些诗人，虽各有独特之点，惜无伟大的魄力，在诗坛上影响尚不大；若王士禛一出，独标神韵，置百家于不顾，学诗之士，遂多奔走在王氏的门下。

神韵派的意义

王士禛论诗，略本于严羽，以为诗禅一致。以为舍筏登岸，禅家以为悟境，诗家以为化境。诗作要有天机神化之妙的。他底《唐贤三昧集序》可以见出他的主张，序云：

> 严沧浪论诗云："盛唐诸人惟在兴趣，羚羊挂角，无迹可求，透彻玲珑，不可凑泊。如空中之音、相中之色、水中之月、镜中之像，言有尽而意无穷。"司空表圣论诗亦云："味在酸咸之外……"于二家所言，别有会心，录其尤隽永超诣者自王右丞以下者四十二人。

此可以见王氏论诗的主旨了。譬如他举的神韵诗例，有李白《牛渚怀古》云：

> 牛渚西江夜，青天无片云。登舟望秋月，空忆谢将军。余亦能高咏，斯人不可闻。明朝挂帆去，枫叶落纷纷。

从诗中表现出一种意境，所谓水中之月、镜中之像，言有尽而意无穷的。王氏的诗集，特称曰《精华录》。他的诗作，所谓旖旎风华，情意绵绵。字字精炼，句句洁圆。施闰章[①]称说：

> 先生诗举体遥俊，兴寄超远，殆得三唐之秀，而上溯乎晋魏，旁采于齐梁。

---

① 编者按：底本作"施润章"。

也是一种实话。

王氏既提倡神韵，主海内诗坛之盟，五十余年，名望地位，都足以倾动天下，当日文人，识与不识，都是仰如泰山。在山东明湖赋《秋柳诗》，和者数百人之多。在京师与诸文人，酬唱无虚日。有《感旧集》，就是辑当日诗人之作品的。

反响

士林风靡神韵诗说以后，有数十年之久，渐渐为人们所厌倦了，首先树起反动旗帜的，是赵执信。赵氏以为古诗自汉魏六朝至初唐诸大家，各成韵调，乃为《声调谱》。又著《谈龙录》，持论亦异于神韵的主张。他的师承是冯班，冯氏是力排严羽论诗的，尤反对江西派的。赵氏有《馆山堂诗文集》，为诗以思路才刻为宗，易流于纤弱的。

翁方纲亦有异说，翁氏以为"神韵说"固为超妙，但其末流亦生空洞之弊，于是又拈出"肌理"两字，以补救"神韵"的空虚。

性灵说

赵氏、翁氏的反响，尚不见大。袁枚《随园诗话》出，大张旗鼓，标示出"性灵"，以攻击"神韵"，有言曰：

　　诗者，人之性情也，作诗不可以无我，无我则抄袭敷衍之弊大。亦无所谓之唐宋，唐宋一代国号耳，与诗无与也；诗只是各人之性情，与唐宋无与也。善哉杨诚斋之言曰：格调是空间架，拙人最易藉口。周栎园之言

> 曰：何、李之格调，非不能悦世也，但多一分格调，必
> 损一分性情，故不为也。

这种不可无我的论调，颇与公安体的主张相同，由此可见，性灵说是由杨诚斋、袁宗道等人的启示而来的。

袁氏为人通脱佚荡，思想创进，作品喜尖新，往往失之纤弱，甚有骂其妖冶的。然其运笔如舌的天才，是不可多得的。

与袁氏称为"三大家"的，有赵翼与蒋士铨。赵氏的诗，才气纵横，庄谐并作。蒋氏的诗，凄怆激楚。袁氏有《随园诗文集》，赵氏有《瓯北诗集》，蒋氏有《忠雅堂集》。

此外，还有一位晚达的沈德潜，他又主张格律。有言曰：

> 诗贵性情，亦须论法，杂乱而无法，非诗也。然所
> 谓法者，行乎所不得不行，止乎所不得不止，而起伏照
> 应、承接转换，自有神理变化其中。

又云：

> 诗以声为用者也，其微妙，在抑扬抗坠之间。

当日这种影响亦大，"吴中七子"都是信奉其说的。他的诗作，古体宗汉魏，近体主盛唐，唐以下诸家亦有所采取，不喜浮艳清刻的制作。《古诗源》及《唐诗别裁集》《清诗别裁集》等，皆所以寄托其主张的。有诗集《竹啸轩诗钞》。

自乾嘉至咸同，文学的空气全在桐城、阳湖的势力之下，故亦无大诗人产出。迄光绪以后，诗风又渐渐的改变了，我们将在下边谈及。

本章参考书

（1）《中国古代文艺论史》下册铃木虎雄著、孙俍工译（北新本）

（2）《中国大文学史》九、十两卷谢无量著（中华本）

第二十六章　明清的昆曲与地方剧

李调元《雨村曲话》有云：

　　三百篇后变而为诗，诗变而为词，词变而为曲，诗
盛于唐，词盛于宋，曲盛于元之北，北曲不谐于南，
而始有南曲。南曲则大备于明，只用弦索官腔，至嘉隆
间，昆山有魏良辅者，乃渐改旧习，始备众乐器，而剧
场大成，至今遵之。所谓南曲，即昆曲也。

这可以看到，南戏在明嘉靖间已变为昆曲了。所谓昆曲，是指腔
调而言的，因为它盛行以后，一班作家都尽量供给它剧本，剧
本全是南戏的剧本，不过排演时情形不同罢了。现在略为研究
于下：

第六十七节　昆曲的勃兴

末期的南戏

　　南戏在明代中叶以后，已失却本身的严肃性了。拿腔调来
说，因为地域的关系，有各种不同的派别，本身既陷于凌乱的现

象，所以不久昆曲代兴而统一起来了。

　　南戏末期的派别中，当以"海盐腔"为最早。据说"海盐腔"的起源，是在南宋中叶有叫做张录的，他是循王张俊之孙，居于海盐，以新声自娱，遂成为海盐腔的一派。更据元姚桐寿《乐郊私语》所载，以为海盐腔是出自元代澉川杨梓父子的。想海盐从来音乐极盛的，州之少年，大抵皆以音乐自娱，或者南宋时代已有，到杨氏父子又加以提倡的。

　　"海盐腔"之外，又有所谓"弋阳腔"与"余姚腔"的，惜二腔的来历不明，它们的流行区域是极广的。据徐渭《南词叙录》云：

　　　今唱家称弋阳腔，则出于江西，两京、湖南、闽、广用之；称余姚腔者，出于会稽，常、润、池、太、扬、徐用之；称海盐腔者，嘉、湖、温、台用之。惟昆山腔止行于吴中。

这可以见到每种腔调势力所及之地。至于唱法，自然是凌乱的。汤显祖《宜黄县戏神清源师祖记》云：

　　　南则昆山之次，为海盐，吴浙音也。其体局静好，以拍为之节；江以西弋阳，其节以鼓，其调喧。至嘉靖，而弋阳之调绝，变为乐平，为徽青阳。"（《玉茗堂文集》卷七）

当日既然有以鼓为节的、有以拍为节的，乐器是不相同的；所以到了昆山魏良辅一手创造了昆曲，渐渐统一了南戏的乐器与歌唱。昆曲兴起，而他种腔调渐渐没落了。

昆曲的兴起

昆曲起于什么时候呢？普通都以为起于嘉靖间，细考起来，或者要更早一点。祝允明《猥谈》云：

> 数十年来，南戏盛行，更为无端。……妄名余姚腔、海盐腔、弋阳腔、昆山腔之类，变易喉舌，趁逐抑扬，杜撰百端，真是胡说。

祝氏是卒于嘉靖五年，由此看来，昆曲之起，至迟当在正德年间的，至早亦不能过于成化的。因为成化、弘治间的陆容作《菽园杂记》，历举诸腔，并无昆腔的名目。

魏良辅作昆曲时曾有这样的记载，余怀《寄畅园闻歌记》（《虞初新志》卷四）云：

> 南曲盖始于昆山魏良辅云。良辅初习北音，绌于北人王友山。退而镂心南曲，足迹不下楼十年。当是时，南曲率平直无意致。良辅转喉压调，度为新声，疾徐、高下、清浊之数，一依本宫，取字齿唇间，跌换巧掇，恒以深邈助其凄泪。吴中老曲师，如袁髯、尤驼者，皆瞠目自以为不及也。

可见，当日昆腔之起，是颇惊动一时的。附和魏良辅的，有娄东人张小泉、海虞人周梦山、梁溪人潘荆南、吴人张梅谷、昆陵人谢林泉等，内中以潘荆南为尤精其技。

昆腔起来以后，似乎也有人反对，徐渭却是一个昆腔的辩护者。他在《南词叙录》里有过像下面这样的话：

> 今昆山以笛、管、笙、琵按节而唱南曲者，字虽不应，颇相谐和，殊为可听。亦吴俗敏妙之事。或者非

之，以为妄作。请问《点绛唇》《新水令》是何圣人著作？

徐氏可以说最赏识昆腔的了。昆腔亦终能兴盛起来，压倒诸派，迄于康、雍、乾以后，才渐渐衰落下去。

第六十八节　昆曲的作品与作者

　　万历以来，昆曲的势力渐渐大起来，江浙一带，都以昆腔为主，其他各派，都非昆腔的对手。作家亦渐多起来，据《曲品》所列，前后五十年间，新传奇凡一百五十余种，作家有七十七人之多，可以说是盛极一时。其后自天启至康熙约又五十年，是昆曲的灿烂时代，到乾隆以后，便逐渐的衰落了。

　　昆曲的剧本，如以取材的不同，可分为以下的数类。

类别

　　（1）以小说为本的：

　　《红拂记》——张凤翼作。大抵以杜光庭《虬髯客传》为本。

　　《红线记》——梁辰鱼作。此以袁郊《红线传》为本。

　　《红绡记》——梁辰鱼作。此以段成式《剑侠传》中《昆仑奴传》为本。

　　《义侠记》——沈璟作。此以《水浒传》为本。

　　《紫钗记》——汤显祖作。此以蒋防《霍小玉传》为本。

　　《水浒记》——许自昌作，此以《水浒传》为本。

《鸳鸯棒》——范文若作。此以《古今小说》中《棒打薄情郎》为本。

《蜃中楼》——李渔作。此以李朝威《柳毅传》为本。

（2）以历史为本的：

《灌园记》——张凤翼作。此本《史记·田敬仲世家》。

《彩毫记》——屠隆作。此写李白事。

《玉合记》——梅鼎祚作。此写韩翃①事，本孟棨《本事诗》。

《郁轮袍》——王衡作。此写王维事，本薛用弱②《集异记》。

《义犬记》——陈与郊作。此写袁粲传，本《南史·袁粲传》。

《桃花扇》——孔尚任作。此写侯方域事。

《兰亭会》——许潮作。此写王羲之事。

（3）作者创作的：

《男后记》——王骥德作。

《还魂记》——汤显祖作。

《春灯谜》——阮大铖作。

《双金榜》——阮大铖作。

《风筝误》——李渔作。

《奈何天》——李渔作。

《拥双艳》三种——万树作。

---

① 底本作"韩雄"。

② 编者按：底本作"唐用弱"。

以上不过略举数例，似此类情形的，当然很多。

点将

现在把关于重要的作者略为提示如下：

（1）《属玉堂传奇》的作者

《属玉堂传奇》的作者是沈璟，他和汤显祖同是万历年间的中坚作者。沈氏是吴江人，后来效法他的人很多，同名之曰"吴江派"。沈氏和汤氏不同，汤氏艺术天才极高，为文奔放自在，往往不拘音律。沈氏呢，兢兢焉以规矩自守，以犯规为大戒。

《属玉堂》共有十七种作品，今所传者，仅《义侠记》一种、《埋剑记》一种、《双鱼记》一种、《桃符记》一种。

沈氏另有《南九宫谱》，是写唱法的理论书，作曲者奉以为"南圭"。可见他是对于音律有研究的人。受沈璟影响最大的是吕天成、卜世臣一些人。

（2）《玉茗堂四梦》的作者

汤显祖是万历癸未的进士，所居为玉茗堂。所谓"四梦"，是《还魂记》《邯郸记》《南柯记》《紫钗记》四部传奇的总名。其中以《牡丹亭还魂记》为最有名。据《静志居诗话》云，当日娄江女子俞二娘酷嗜其辞，断肠而死。汤氏还作诗相吊，诗云：

> 书烛摇金阁，真珠泣绣窗。如何伤此曲，偏只在娄江。

可见此剧在当日感人之深。

后来一般人常常模仿《玉茗堂四梦》，所以无形中形成"玉茗堂派"，最重要的如：

A. 阮大铖有《燕子笺》《春灯谜》《牟尼合》等作；

B. 吴炳有《绿牡丹》《画中人》《疗妒羹》等作；

C. 李玉有《一捧雪》《人兽关》《永团圆》等作。

（3）《笠翁十种曲》的作者

李渔在康熙十六年间还健在。他素有才子的令誉，所作戏曲极为浅显，颇类于民间文学，往往为一般腐儒所轻视。他的十来种剧作，多半是带着滑稽剧或风情剧的趣味，最有名的是《风筝误》。《慎鸾交》与《奈何天》，曾经被介绍到西欧去的。

（4）《玉燕堂四种》的作者

《玉燕堂四种》的作者，是张坚。因为屡应乡试不及第，因作《江南第一秀才歌》自嘲，时人遂称为"江南一秀才"。所作的传奇四种是《梦中缘》《梅花簪》《怀沙记》《玉狮坠》等作。据吴禹之序《梅花簪》称：《梅花簪》稿刚写成，便被南京的优伶购去，易名《赛荆钗》，搬演时，人都啧啧称奇。

（5）《新曲六种》的作者

夏纶是终身不遇，康熙三十二年以十四岁应乡试，一直八次不及第，晚年便著述自娱残年。所以他的戏曲，都是六十岁以后才开始写的。他的六种都是说教式的，寓劝善规过之意。如：

《无暇璧》是褒忠的，《杏花村》是阐孝的，《瑞润园》是表节的，《广寒梯》是劝义的，《花萼吟》是式好的，《南阳乐》是补恨的。

像这种作品，在文学方面看，恐怕无甚价值的。

（6）《藏园九种》的作者

蒋士铨号清谷，又号藏园，死于乾隆五十年，年六十一。所作传奇如《空谷香》《桂林霜》《雪中人》《香祖楼》《临川梦》《冬青树》与杂剧三种，合刊曰《藏园九种》。

他是极力模仿汤显祖，然能谨守曲律，不稍越矩，所以历来都评他为乾隆年间的大作家。

（7）《沈氏四种》的作者

沈起凤所作戏曲不下三四十种之多，一时风行大江南北。今所存的只沈氏四种。他在乾隆三十三年举乡试，年仅二十八岁，后来数次会试不第，抑郁无聊，以放情词曲自娱。这四种是：《报恩缘》《才人福》《文星榜》《伏虎韬》，都是一种低级的所谓才子佳人的喜剧，并无一点思想可言。在描写方面，足与笠翁媲美。

除以上所举，又有《倚晴楼七种曲》的作者黄燮清及《桃花扇》的作者孔尚任、《长生殿》的作者洪昇等，都应该提及的。

第六十九节　地方剧

乾隆以后，昆曲渐渐的衰落，地方戏渐渐抬起头来，不久便压倒昆曲，取其地位而代之了。地方戏所以兴起的原因，大概由于昆曲的难学难懂，只有一部分士大夫阶级去欣赏，民众是不欢迎它的。观《梦中缘》传奇（乾隆初年作）的序中有这样的话：

> 长安（京师）之梨园兴盛……而所好为秦声，啰（啰啰调）、弋（弋阳腔）厌听吴骚，闻歌昆曲，辄哄然散去。

更证诸《燕兰小谱》所说"昆曲非北京人所喜"的话，益可以相信昆曲之被人所弃了。昆曲既为人所弃，地方剧便应运兴起了。

曲本五百余出之多，现行的京戏几网罗殆尽。除收于诸集之内，在民间流行的小本，当然很多，不过无人调查罢了。这些都可以说是民间的文学。

本章参考书

（1）《中国近世戏曲史》郑震编译（北新本）

（2）《插图本中国文学史》五十七、五十八两章郑振铎著（朴社本）

（3）《六十种曲》阅世道人编（开明本）

（4）《曲海总目提要》黄文旸撰（大东本）

（5）《戏学汇考》凌善清、许志豪辑（大东本）

第二十七章　清代的小说

小说到清代以后，有一种大的进步。在以前的小说大部分是平话式的演讲稿，往往是稀疏的几笔，把事实就报告过去了。到清代如《红楼梦》《儒林外史》等，用笔却极尽描写的能事了。以前小说的取材，多利用热闹的、离奇的故事，到清代如《红楼梦》《儒林外史》等，所写也不过是平常的日常生活罢了。不过取材的对象，已离开民间，走向贵族文人的阶级，也是应该提到的。

第七十节　讽刺派与人情派

讽刺派

《儒林外史》——文人的感觉锐敏，因之愤怨多，牢骚多；他们在不平之气下，往往用婉曲之笔，刻画出世人的情态。文人的一支秃笔，便是报复世人惟一的武器了。《儒林外史》便是一部充满讽刺的小说。

（1）作者

作者是安徽全椒人吴敬梓，字叫敏轩。他是一个豪放的文人，把家产挥霍尽后，往往至于绝粮。精于《文选》，长于诗赋。雍正乙卯，安徽巡抚赵国麟举以应博学鸿词科。因无意于仕宦，未赴。居金陵，为一时文坛的盟主。为建先贤祠，又把房屋也卖了。晚年自号"文木老人"，乾隆十九年卒于扬州，所著有《诗说》七卷，《文木山房集》五卷、诗七卷。其所著《儒林外史》为五十五回。

（2）内容

鲁迅《小说史略》云：

> 时距明亡未百年，士流盖尚有明季遗风，制艺而外，百不经意，但为矫饰，云希圣贤。敬梓之所描写者，即是此曹，既多据自所闻见，而笔又足以达之。

按所包含者有各种人物，所谓儒者名士，所谓官师细民，无不现身于纸上，声态并肖。再者，书中所传人物，大都实有其人。往往以象形、谐声、廋词、隐语，寓其姓名，若参以雍乾间诸家文集，可得十之八九（该书上元金和跋）。如有谓马二先生，即是他的契友马粹中的化名，牛布衣就是朱草衣的化名等。

（3）版本

此书成于雍正末年，作者侨居金陵时。其初惟有钞本，后刻于扬州。原为五十五回，尝有人排列全书人物，作"幽榜"缀于末五十六回。又有人自作四回，杂入五十六回本，真是狗尾续貂。

以前或者一般人不注意这部小说，自民国九年亚东图书馆新加以标点，胡适、钱玄同几个人作序文来提倡，于是声价十倍了。

人情派

《红楼梦》——这一部长篇小说，足为中国人争得不少的体面，它在国际上亦具有很好的声誉。它拿一个家庭为背景，把琐碎的事情，连贯成一部伟大的、富丽的著作，在中国实是一件空前的艺术品。

《红楼梦》的别名很多：亦称《石头记》《情僧录》《风月宝鉴》《金陵十二钗》等，现在分条略为解说它的内容如下：

（1）作者

据近年来学者的研究，作者无异议的是曹雪芹，袁枚《随园诗话》卷二云：

> 康熙中，曹栋亭为江宁织造，其子雪芹撰《红楼梦》一书，备记风月繁华之盛，中有所谓大观园者，即余之随园也。

据此即可以知其作者。《红楼梦》原为八十回本，又有一百二十回传世，那后四十回是乾隆六十年的进士高鹗所续。见于俞樾《小浮梅闲话》引《船山诗草》。

雪芹名霑，一字芹圃。他的祖父名寅，康熙中为江宁织造。父名頫，亦为江宁织造，雪芹生于南京。雍正六年，雪芹随着父亲卸任回北平来。不数年间，家势中落，雪芹到中年，连生活也不能维持，遂移家到北平西郊去住。在这时期，回忆到昔日繁华的生活，不免有今昔之感，遂开始作《红楼梦》一书。乾隆二十九年，因痛子亡而卒，年约四十余。

（2）内容——全书以荣国府贾政的公子贾宝玉为中心，

配以贾家四艳以及宝玉的爱人林黛玉、后为正室的薛宝钗等，所谓"金陵十二钗"的。合计起来，全书九十万言，写男子二百三十五人，女子二百十三人，一人有一人的个性。所有情海的波澜，男女两性的悲欢离合、嬉笑怒骂的心理状态，都能详细地演述出来了。规模的伟大，结构的细密，用意的周到，千变万化，如线之穿珠、珠之走盘，口人赞为古今东西第一部言情小说。

至于此书的本事，以前人很有些主张：

A.纳兰成德家世说——见《燕下乡脞录》卷五与《国朝诗人征略》。

B.清世祖与董鄂妃故事说——见《红楼梦索隐》。

C.康熙朝政治状态说——见《石头记索隐》。

及近人研究，始知以上说法皆不免傅会。应认为作者自道其身世，而加以演义的。

（3）影响——此书影响于社会最大，男女老幼无不爱重之若宝。因之步高鹗之后而续者，有下列诸书：

《后红楼梦》——《红楼后梦》——《续红楼梦》——《红楼复梦》——《红楼梦补》——《红楼补梦》——《红楼重梦》——《红楼再梦》——《红楼幻梦》——《红楼圆梦》——《增补红楼》——《鬼红楼》——《红楼梦影》——《新红楼梦》等。

此类续书，大率承高鹗续而补其缺陷，结之以为团圆的，实无一顾之价值。

至若狭邪小说如《品花宝鉴》《花月痕》《海上花列传》一流作品，似皆为受《红楼梦》之影响而作成的。

第七十一节　侠义派与谴责派

侠义派

侠义小说在唐代曾经盛行一时，我们已讲过了。清雍乾以来，这类小说又渐渐抬起头来。雍正帝的得天下，不怎样光明，于是蓄养死士来保护自己，来打倒仇视自己的人。侠客之流，遂为权贵们所尊重，于是侠客的传说也普遍于民间。加诸民众受了极端的暴政压迫，胸中填塞着不平与愤懑，在反抗的心理上，盼望着超人的侠客出来，用非常的手段，去雪人间的不平。由于此两种关系，侠义派的小说即产生出来。

（1）《儿女英雄传评话》——此书本五十三回，今残存四十回，题燕北闲人著。马从善序云，出于文康手，盖定稿于道光中。文康是大学士勒保次孙，满洲镶红旗人，费莫氏，字铁仙。作者家本贵盛，因为诸子不肖，晚年生活遂至于困顿，作此书借以消遣。

此书初名《金玉缘》，又名《日下新书》，又名《正法眼藏五十三参》。内中叙述侠女何玉凤为父报仇，变名十三妹，怨家叫纪献唐，即暗射年羹尧的名字。后纪献唐为朝廷所诛，十三妹嫁于安骥为妻。

此书后亦有续书，文意并拙，或为书贾所为。

（2）《三侠五义》——原名《忠烈侠义传》，百二十回。首署石玉昆述，序则云问竹主人原藏、入迷道人编订，皆不详为何人。光绪五年方流行于世。内中叙述包拯的事，现在流行的

《狸猫换太子》《乌盆记》《包公审碑》等，全是它的内容。明人的《龙图公案》，大概即是它的蓝本。

后来俞樾把此书略加改编，改题为《七侠五义》，光绪十五年刻版行世。

（3）《小五义》《续小五义》——这两部书与前书同时出现于北平，皆一百二十四回。序谓与《三侠五义》皆石玉昆原稿，得之其徒。序大意云："本三千多篇，分上中下三部，总名《忠烈侠义传》。原无大小之说，因上部《三侠五义》为创始之人，谓之《大五义》，中下两部五义，即其后人出世，故谓之《小五义》。"此可见其书名的意义。

此外，较早的有《施公案》《彭公案》，又有《永庆升平》《圣朝鼎盛万年青》等，余如《英雄大八义》《英雄小八义》《七剑十三侠》《七剑十八义》等，多出于光绪年间。《施公案》续至十集、《彭公案》续至十七集、《七侠五义》续至二十四集。皆可见此类读物，影响于社会之大。

近年来，红枪会之兴起，小学生为了求道而失踪的消息所在多有，皆中此类读物之毒所致的。

谴责派

鲁迅《小说史略》云：

戊戌变政既不成，越二年，即庚子岁，而有义和团之变，群乃知政府不足与图治，顿有掊击之意矣。其在小说，则揭发伏藏，显其弊恶，而于时政，严加纠弹，或更扩充，并及风俗。虽命意在于匡世，似与讽刺小说同伦，而辞气浮露，笔无藏锋……故别谓之谴责小说。

这是谴责派小说兴起之原因及其意义。

（1）《官场现形记》——李宝嘉撰

作者乃江苏武进人，因累举不第，赴上海办《指南报》《游戏报》《海上繁华报》等。那时候适为庚子之乱，政令倒行，海内失望，多欲寻出祸首。作者遂应商人托，撰《官场现形记》。打算作十编，每编十二回。自光绪二十七年至二十九年中成三编，后二年又成二编，因病死于三十三年，年四十。书亦未完成，已成者仅六十回。书有序云：

> "南亭亭长有东方之谐谑，与淳于之滑稽，又熟知夫官之龌龊卑鄙之要凡，昏聩糊涂之大致"，爰"以含蓄蕴酿存其忠厚，以酣畅淋漓阐其隐微。"

由此可以知道，他是以轻松之笔，来写官场之丑恶的。写那暮夜乞怜、昼则骄人的情状，使人读之，心内为之一爽。所以此书流行颇广。

（2）《二十年目睹之怪现状》——吴沃尧撰

作者字茧人，后改为趼人，广东南海人，自称我佛山人。年二十余，即漂泊上海，为日报撰文。光绪二十九年梁启超印行《新小说》于日本横滨。第二年，作者就写稿寄往，有一种叫《二十年目睹之怪现状》，于是名声大显。迄宣统纪元，又成《近十年之怪现状》二十回，二年遂卒，年四十四。前一种本连载于《新小说》中，光绪三十三年，有单行本四卷出版，宣统元年又出版四卷，共一百八回。

内容与《官场现形记》略同。

（3）《老残游记》——刘鹗著，江苏丹徒人

作者是一位饱学旷放的文人，其游记成于光绪三十二年，共

二十章。或云末数章为其子所续，内中叙景状物之处甚多，攻击官吏之处亦多，不惟攻击赃官，连清官亦攻击。

曾朴底《孽海花》二十回。书中人物，都有所影射，与当时达官名士模样，亦极淋漓。文采之佳，甚为人所称道。

谴责派小说之末流，便是黑幕小说之盛行，如《黑暗上海》《人间地狱》一流作物，都渐走入于攻击私人的歧途了。

清代小说如李汝珍的《镜花缘》、夏敬渠的《野叟曝言》等作，皆以小说而自炫其才学的，于此皆不具录。

本章参考书

（1）《中国小说史略》二十三、二十四、二十七、二十八章鲁迅撰（北新本）

（2）《海燕》郑振铎著（新中国本）

（3）《儒林外史》（清）吴敬梓著（亚东本）

（4）《红楼梦》（清）曹霑著（亚东本）

（5）《三侠五义》（清）石玉昆述（亚东本）

（6）《官场现形记》（清）李宝嘉著（亚东本）

（7）《二十年目睹之怪现状》（清）吴沃尧著（通行本）

第二十八章　文学革命的前夜

文学革命的前夜，是指清末叶和民国初年《文学改良刍议》未发表以前的一个时期。大凡一种新的运动，都不是突然而起的，一定有它的源流。近十余年来，中国文学在正途上长足的迈进，自然是基于胡适、陈独秀、钱玄同、周作人等文学革命旗帜的树立，然彼等启新运动以前，有没有启新的肇始呢？现在我们来探究这一个问题。

第七十二节　新体诗与西洋文学

新体诗之兴起

道、咸以来，旧派的诗，并未歇绝。像何子贞、曾涤生、郑子尹、莫子偲一流的人，为诗皆宗宋诗，大半是私淑江西派的。稍后的陈石遗、郑苏堪等人，亦多半以宋为圭臬。像他们这班古典派，我们不愿多说，要说的是光绪以后的一班维新的文人。最重要的是康有为、梁启超、黄遵宪等人。康有为在荷兰博物馆里见到一种海船的模型，赋了一首长篇诗歌，其结尾有云：

嗟哉谁为海王国，战舰乃是中国魂。何当忽见战舰
五百艘，龙旗翩荡四海春。

这诗已把整齐的形式打破了。又爱国诗歌中，杂糅经语、诸子
语、史语、外国佛语、耶教语，毫无所忌，亦具有尝试的精神。
梁启超作的《爱国歌》，也是这种情形，其诗之一节云：

泱泱哉我中华。最大洲中最大国，廿二行省为一
家。物产腴沃甲大地，天府雄国言非夸。君不见英、日
区区三岛尚崛起，况乃堂堂我中华。结我团体，振我精
神。二十世纪新世界，雄飞宇内畴与伦。可爱哉我国
民，可爱哉我国民。——

不惟形式随便，换韵也极其自由。此外，如黄遵宪更是一个革新
派的诗人，他的诗有时候字句长短不定，有时候虽字句整齐，语
意却极明白，甚至于也应用外国名词，如《日本杂事诗》中的用
"蠚"与"鸭南蛮"等是。观其论诗，亦可以知其主张。其《与
朗山论诗》云：

吾今所遇之时，所历之境，所思之人，所发之思，
不先不后，而我在焉。前望古人，后望来者，无得与吾
争之者。而我顾其情，舍而从人，何其无志也。……则
今宪所为，皆宪之诗也。（《岭南学报》二卷二期）

由此可知，其不重视古人，而重在自己创作，杂诗有"我手写我
口，古岂能拘牵"的句子，亦可以见其主张之坚决了。

总之，在光绪年间，诗坛已有了新的现象：（1）形式可以
不整齐；（2）取材可以极通俗；（3）字句可以极浅显；（4）
思想多为爱国的。

西洋文学输入

西洋最早输入中国的，是哲学一类的书籍，继而便是文学的输入。我们现在来考检一下：

（1）诗歌——诗歌的翻译应以王韬译法国的《马赛革命歌》、德国的《祖国歌》为最早（同治十年），附见于《普法战纪》中。此后到光绪三十年左右，马君武译的有摆伦《哀希腊诗》，歌德《阿明临海哭女诗》，苏曼殊译的《摆伦诗选》（光绪三十二年）等，这些都是中西文对照着在日本出版的。

（2）小说——小说的翻译，应以林纾和王寿昌合译的《茶花女遗事》为最早，那时候约在光绪二十五年。到光绪二十九年，梁启超在日本横滨刊印《新小说》，那时候梁氏就翻译《小豪杰放洋记》一类的小说，逐日登载。苏曼殊翻译法国嚣俄的《惨世界》，亦在于这一年。林纾自从翻译《茶花女遗事》以后，经了商务印书馆高氏昆仲的怂恿，便继续翻译各国文学，积十九年之久（止于民八），达一百五十六种之多。此外，伍光建译有《侠隐记》《续侠隐记》等书，周作人亦译有《域外小说集》，出版于光绪末年。因为十年间只销行二十本，所以《域外小说集》一本一本出下去的计划便打消了。

（3）戏剧——在光绪末年，西洋戏剧翻译过来的有《夜未央》《鸣不平》等，大概是日本留学生从日本间接输入的。组织的春柳社，是当日戏剧运动最著名的团体。

从此以后，外国的文学接触了中土文学，素来不讲结构、题材单纯的小说与戏剧，一旦有了新的刺激，自然要发生一种突变。新体诗之兴起，受外国诗歌的影响，恐亦是很大的吧！这一种酝酿到民国六年，于是树起了文学革命的旗帜，把中国文学展开了一个新的局面。

本章参考书

（1）《光绪年间诗坛之倾向》铃木虎雄著（《支那文学研究》）

（2）《中国文学史概要》第十章胡怀琛著（商务本）

附　录

中国文学史书目表

（1）《中国文学史》王梦曾（商务印书馆）

（2）《中国文学史纲》欧阳溥存（同上）

（3）《中国文学史大纲》顾实（同上）

（4）《中国文学史概要》胡怀琛（同上）

（5）《中国文学史分编》张振镛（同上）

（6）《中国文学史》张之纯（同上）

（7）《中国大文学史》谢无量（中华书局）

（8）《历朝文学史》窦警凡（光绪三十二年铅印本）

（9）《中国文学史大纲》谭正璧（光明书局）

（10）《中国文学进化史》前人（同上）

（11）《中国文学史》穆济波（乐群书店）

（12）《中国文学史纲》蒋鉴璋（亚细亚书店）

（13）《中国文学史略》刘毓盘（古今图书店）

（14）《插图本中国文学史》郑振铎，已出四册（朴社）

（15）《中国文学史话》梁乙真（元新书局）

（16）《中国文学史大纲》郑作民（合众书店）

（17）《中国文学小史》赵景深（光华书局）

（18）《中国文学沿革一瞥》赵祖忼（同上）

（19）《中国文学史讲话》胡行之（同上）

（20）《中国文学史》葛遵礼（会文堂新记书局）

（21）《中国文学史》曾毅（泰东书局）

（22）《中国文学史》陈冠同（民智书局）

（23）《中国文学史讲话》陈子展，已出二册（北新书局）

（24）《新著中国文学史》胡云翼（同上）

（25）《中国文学流变史》郑宾于，已出三册（同上）

（26）《中国文学史简编》陆侃如、冯沅君（开明书店）

（27）《中国文学史》刘大白，只出一册（同上）

（28）《中国文学史大纲》徐扬（神州国光社）

（29）《中国文学史略》胡怀琛（梁溪图书馆）

（30）《中国文学史》胡小石（人文社）

（31）《中国文学史》林传甲（宣统二年京师大学课本）

（32）《中国文学变迁史》刘贞晦（新文化书社）

（33）《中国文学史要略》朱希祖（北京大学出版部）

（34）《中国文学史》刘麟生（世界书局）

（35）《中国文学史纲要》贺凯（著者书店）

（36）《中国文学史》钱振东，只出一册（自印）

以上三十六种为中国文学通史

（37）《词曲史》王易（神州国光社）

（38）《宋元戏曲史》王国维（商务印书馆）

（39）《诗史》李维（石棱精舍）

（40）《音乐的文学小史》朱谦之（泰东书局）

（41）《中国小说史略》鲁迅（北新书社）

（42）《白话文学史大纲》周群玉

（43）《国语文学史》胡适（文化书社）

（44）《白话文学史》前人（新月书店）

（45）《新著国语文学史》凌独见（商务印书馆）

（46）《中国诗史》陆侃如、冯沅君（大江书铺）

（47）《曲史》许之衡（北平师大讲义）

（48）《词史》刘毓盘（群众图书公司）

（49）《中国近代戏曲史》郑震（北新书局）

（50）《乐府文学史》罗根泽（文化学社）

以上十四种为中国文学分史

（51）《物观文学史稿·南北朝之部》王礼锡（《读书杂志》一卷十二期）

（52）《中国新文学的源流》周作人（人文书店）

（53）《五十年来的中国文学》胡适（申报馆五十年纪念册）

（54）《中国古代文艺论史》铃木虎雄、孙俍工（北新书店）

（55）《中古文学概论》徐嘉瑞（亚东图书馆）

（56）《中国近代文学之变迁》陈子展（中华书局）

（57）《最近三十年中国文学史》陈子展（太平洋书店）

（58）《中古文学史》刘师培（北大出版部）

（59）《先秦文学大纲》杨荫深（华通书局）

（60）《宋代文学史》柯敦柏（商务印书馆）

（61）《明代文学史》宋佩韦（同上）

（62）《现代中国文学史》钱基博（世界书局）

以上十二种为中国文学断代史

（63）《中国文学批评史》郭绍虞，上卷（商务印书馆）

（64）《中国文学批评史》陈钟凡（中华书局）

（65）《中国妇女文学史》谢无量（同上）

（66）《中国妇女文学史纲》梁乙真（开明书店）

（67）《清代妇女文学史》梁乙真（中华书局）

（68）《中国文学年表》敖士英，已出二册（立达书局）

（69）《中国文学史表解》刘宇光（光华书局）

（70）《中国新文学运动史料》张若英（光明书局）

（71）《中国女性的文学生活》谭正璧（同上）

（72）《中国僧伽之诗生活》张长弓（著者书店）

以上十种为含有中国文学史性之书